特种设备作业人员技能培训教材

U0116829

叉车技术与应用

主　　编　陈金潮

参　　编　陈旭龙　　李萍萍

　　　　　易主容　　邓花梅

东南大学出版社

·南京·

内 容 提 要

本书内容包括场(厂)内机动车辆操作知识、安全知识、叉车应用和物流管理知识等。本书的编写本着强调针对性、实用性、可操作性的原则,对叉车结构、原理作了透彻的分析,同时对安全管理、安全作业、法律法规方面作了较为详细的说明,力求在编排上更贴近于实际应用与考核的需要,附录中有考核试题库及参考答案,便于读者复习自测。

本书可以作为特种设备作业人员的培训教材,同时给企业安全管理人员提供参考,也可以作为职业院校培养学生技能的教材。

图书在版编目(CIP)数据

叉车技术与应用/陈金潮主编. —南京:东南大学出版社,2008.8
ISBN 978-7-5641-1328-5

Ⅰ.叉… Ⅱ.陈… Ⅲ.叉车—教材 Ⅳ.TH242

中国版本图书馆 CIP 数据核字(2008)第 123179 号

东南大学出版社出版发行
(南京四牌楼 2 号 邮编 210096)
出版人:江 汉

江苏省新华书店经销 常州市武进第三印刷有限公司印刷
开本:850mm×1168mm 1/32 印张:8 字数:208 千字
2008 年 8 月第 1 版 2008 年 8 月第 1 次印刷
ISBN 978-7-5641-1328-5/TH·14
印数:1—6000 册 定价:19.00 元

(凡因印装质量问题,可直接向读者服务部调换。电话:025—83792328)

前　言

　　特种设备作业人员的安全技术培训考核是《特种设备安全监察条例》的要求,也是职业安全与生产工作的一项重要内容。

　　随着科学技术的不断进步和社会经济的突飞猛进,现代化的物流业初步形成,安全技术不断提高。只有掌握技术,确保安全,才会给企业带来效益,才会促进社会发展。为适应现代特种设备作业人员安全技术培训要求,执行持证上岗,遵守操作规程,加强特种设备作业人员监督管理工作,规范作业人员考核发证程序,保障特种设备安全运行,保护驾驶员自己和他人的人身安全与健康,保障国家财产免遭损失,防止和减少伤亡事故,根据《特种设备安全监察条例》《安全生产条例》及其他法律法规、标准对场(厂)内机动车辆驾驶员劳动保护安全技术培训、考核、发证、复审等工作的具体规定,实行规范教育,统一教材、统一考核、统一管理、统一发证、统一复审工作具有十分重要的意义。为此,我们组织编写了特种设备作业人员培训教材《叉车技术与应用》一书。

　　本书的编写以国家颁布的特种设备作业范围和安全技术培训考核的要求为基础,根据国家标准《工业企业厂内运输安全规程》《特种设备作业人员监督管理办法》《特种设备安全监察条例》以及有关技术资料综合汇编而成,并参照了相关行业和工种的安全操作规程,充实了特种设备作业安全技术的新标准和新技术,融基础知识与实际操作为一体,加强了特种设备作业人员的事故隐患识别能力和应急排故障能力,以适应现代安全驾驶的需要,适合现代物流与企业对叉车技术的应用需求，使安全生产工作跃上一个新台阶。

场（厂）内机动车辆驾驶员培训、考核、发证、复审工作是一项关系现代物流发展的大事，是关系经济效益的大事，是关系社会安全生产的大事，需要社会各界人士的关心和支持，需要我们从业者的共同努力。

本书汇编参考了上海市劳动保护科学研究所内部资料《厂内机动车辆驾驶安全》。本书由陈金潮主编，陈旭龙、李萍萍、易主容、邓花梅参加编写。在本书策划、编写过程中，我们多次组织有关部门专家、学者进行专题研究、讨论、审阅，得到有关单位的大力支持和帮助，在此一并表示衷心的感谢。

由于本书涉及内容广泛，加之汇编时间仓促，疏漏错误之处在所难免，敬请广大同行、读者提出宝贵意见和建议，并及时把修改意见反馈给我们，使本书更加完善，更加符合实际，不断提高教材的质量。

江苏省昆山市顺通叉车培训中心
昆山叉车培训网址：www.ksstcc.com
苏州叉车培训网址：www.szccpx.com

编　者
2008 年 2 月

目　　录

第一章　叉车概述与应用

第一节　厂内运输简介

一、厂内运输车辆

厂内机动车辆是指用于企业内装卸运输作业的自行专用机械、汽车类及其他机动车,主要包括叉车、搬运车、牵引车、平板车、装载机、电瓶车、电动车以及其他机动车等。厂内机动车辆属特种设备。特种设备的分类如表 1-1 所示。

二、厂内运输装卸作业的特点

(1)厂内场地大多比较狭窄,道路狭小,运输装卸作业情况复杂。

(2)装卸作业时间占相当比重。

(3)作为工艺流程的运输,其运行、装卸十分频繁。

(4)车辆及装卸机械维修保养的技术力量较为薄弱。

(5)驾驶员的专业技术培训尚显不足,日常的维修保养知识及排故障能力欠缺,需要不断学习提高。

企业内运输装卸作业是生产过程中的一个组成部分,而且影响因素较多,在运输装卸作业中,往往因道路、场地、货物堆放、机械损坏及操作不当等原因而导致事故,危及员工安全,给国家财产造成损失。为此,加强厂内运输装卸作业的安全管理工作,强化驾驶人员的安全技术培训教育,按规范做好车辆及机械的维护保养对企业实现安全生产具有重要意义。

表 1-1　特种设备分类目录

种　类	产品名称
电　梯	乘客电梯,客货电梯,病床电梯,载货电梯,自动扶梯,自动人行道,其他电梯(液压电梯按用途分别归类)
起重机	桥立式起重机,门式起重机,门座式起重机,塔式起重机,流动式起重机,升降机,轻小型起重设备,其他起重机械
厂内机动车辆	轮式自行专用机械,履带式自行专用机械,蓄电池车,客车类,汽车类,方向盘轮式拖拉机,手扶拖拉机,手把式三轮机动车,其他机动车
客运索道	单承载单牵引、单承载双牵引、双承载单牵引、双承载双牵引、单承载单牵引车组等各类往复式运架空索道,抱索器可脱挂式、抱索器固定脉动式、抱索器固定间歇式、抱索器固定吊篮或吊椅式等各类单线循环客运架空索道,各类客运缆车,客运拖牵索道
游艺机和游乐设施	转马类游艺机,滑行类游艺机,陀螺类游艺机,飞行塔类游艺机,赛车类游艺机,自控飞机类游艺机,观览车类游艺机,架空游览车类游艺机,水上游乐设施,碰碰车类游艺机,电池车类游艺机,其他无动力类游乐设施

　　作为厂内机动车辆驾驶员,必须了解并掌握厂内运输装卸作业的特殊性、规律性,严格执行行车安全和装卸作业的各项规章制度以及安全技术操作规程,做到文明驾驶、安全操作,杜绝各类事故的发生。

第二节 叉车的种类

一、叉车简介

叉车是以门架和货叉为工作装置的自行式装卸搬运机械,可用于装卸、运输、堆放货物。更换货叉安装属具后,能用于特种物品和散料的装卸搬运作业。

叉车门架为伸缩结构,铰接在前桥或车架上,通过倾斜液压油缸可前后倾斜,以便于装卸和带货行驶。起升液压缸通过链条传动使装有货叉的叉架沿内门架升降,内门架又以外门架为导轨上下伸缩,使叉车能以较低的门架高度把货物举升到一定的高度。

叉车的主要技术参数是额定载荷(kg)、起升高度(mm)、运行速度(km/h)、动力方式(分电动或内燃)。叉车不但有很高的工作效率,而且机动灵活、适应性好,可实现装卸、搬运作业机械化,减少货物破损和人工作业量,提高仓库容积的利用率和作业安全性。

叉车在现代物流领域中具有十分重要的作用。物流就是物品从供应地到接收地的流动过程,其中包括运输、储存、装卸、搬运、包装、流通加工、配送以及信息处理等功能。所以,作为一名厂内机动车辆作业人员,必须具备一定的物流理论知识和扎实的驾驶操作技能。

二、叉车的分类

叉车属起重运输机械,按动力装置不同分为内燃叉车和电瓶(池)叉车两类。内燃叉车按使用不同的燃料又可分为三类:汽油叉车、柴油叉车和液化石油气叉车以及双燃料叉车。叉车按结构特点和使用要求的不同,又可分为以下几个系列:

(1) 平衡重式叉车系列:包括柴油平衡重叉车、汽油平衡重叉车、液化气平衡重叉车、双燃料平衡重叉车、氢燃料平衡重叉车、四轮电动平衡重叉车、三轮电动平衡重叉车、燃料电池平衡重叉车。

（2）堆高机系列：包括全自动堆高机、步行前移式全自动堆高机（特种型）、步行式半自动堆高机、站驾式全自动堆高机、手动堆高机、步行式全自动堆高机。

（3）侧面叉车系列：包括普通电动侧面叉车、内燃侧面叉车、内燃多面（360°行走）叉车、电动多面（360°行走）叉车。

（4）前移式叉车系列：包括坐驾前移式叉车、站驾前移式叉车、侧驾前移式叉车、步行前移式叉车。

（5）手推车系列：包括手推液压堆高车、手推台车、杠杆式手推车、手动剪叉式液压升降平台车、剪叉式手动平台搬运车、剪叉式电动平台搬运车。

（6）窄通道系列：包括人下行高位三向堆垛叉车、人上行高位三向堆垛叉车、普通座驾式窄通道叉车。

（7）悬臂吊系列：包括欧式悬臂吊、美式悬臂吊、特种悬臂吊。

（8）龙门吊（跨车）系列：包括自行式龙门吊（跨车）、固定式龙门吊（跨车）。

（9）拖车系列：包括工业平板拖车、民用平板车。

（10）托盘叉车系列：包括手动托盘叉车（普通型）、手动托盘叉车（称重型）、站板式电动托盘叉车、座驾式电动托盘叉车、站驾式电动托盘叉车、步行式电动托盘叉车、侧驾式电动托盘叉车、不锈钢型托盘叉车、高起升手动托盘叉车、卷状物手动托盘叉车、电动液压升降滚动输送车。

（11）平台车系列：包括电动平台堆垛叉车、内燃平台堆垛叉车、内燃平台搬运车、电动平台搬运叉车。

（12）拣选叉车系列：包括高位拣选叉车、低位拣选叉车、水平拣选叉车、简易式拣选叉车、自动式电动拣选叉车。

（13）插腿式叉车系列：包括电动插腿式叉车、机械插腿式叉车、内燃插腿式叉车。

（14）油桶搬运车系列：包括单桶简易式油桶搬运车、机械式油桶搬运车、液压式油桶搬运车、多桶液压式油桶搬运车、电动油桶搬运车、特种油桶搬运车。

（15）防爆叉车系列：包括内燃防爆叉车、电动防爆叉车、防爆牵引叉车。

（16）牵引车系列：包括电动式牵引车、内燃式牵引车。

（17）自动导向搬运车系列：包括电磁自动导向搬运车、光电自动导向搬运车、特种自动导向搬运车。

（18）特种叉车系列：包括越野叉车、伸缩臂叉车、重箱内燃集装箱平衡重叉车、空箱内燃集装箱平衡重叉车、塔吊式叉车（集装箱式）、塔吊式叉车（普通式）、内燃集装箱正面吊、水泥专用搬运叉车、低温用途电动平衡重叉车、模具搬运叉车、船用专用搬运叉车、木材抓举专用搬运叉车、木材抱夹专用搬运叉车、车载式叉车、玻璃搬运叉车、扒渣叉车、履带式叉车、农业产品搬运叉车、楼梯专用搬运叉车、纸类专用搬运叉车、钢卷专用搬运叉车、汽车专用搬运叉车、垃圾专用搬运叉车、道路清障专用搬运叉车、矿业专用搬运叉车、石材专用搬运叉车、牧场和农场专用搬运叉车、散体物料倾翻叉车、板材专用搬运叉车。

（19）其他叉车及搬运堆垛机械和工业车辆系列：包括自动堆垛机械、机器人、军用叉车、气动搬运装置、矿车等（见附录三）。在叉车的工作装置上可以装上附加属具以满足各种作业需要。

由于叉车具有高效的运输装卸作业功能，因此，被广泛应用于港口、机场、车站、仓库、企业内进行短途运输装卸作业，如图1-1所示。

仓库作业

船舶作业

商场作业

集装箱作业

港口作业

车间作业

图1-1 叉车在各行业的应用

第三节 常用属具

属具是附加或替代叉车货叉的装卸装置,以扩大叉车对特定物料的装卸范围并提高其装卸效率。

叉车属具种类很多,在选择叉车属具时应根据行业、产品的不同及作业需要的不同来选择。

串杆可搬运热钢卷、轮胎和水泥管段;集装箱吊具用于搬运大型集装箱;桶夹可搬运油桶、纸卷;侧夹可搬运纺织品捆包;侧移叉可使叉车在狭小的场所作业时,容易对准货物;倾翻叉可装圆木;起重臂可起吊各种货物;锻造夹钳可夹持锻件并能使其翻转;旋转夹可回转360°,用以调整货物位置,以便于存放。

常用的属具有纸卷夹、软包夹、纸浆包夹、纸箱夹、多用钢臂夹、烟叶箱夹、侧移器、推位器、轮胎夹、单双托盘叉、载荷稳定器、旋转器、两用叉夹、砖块夹、伸缩叉架、倾翻架、前移叉、调矩叉、卷管器、桶夹、无臂夹、叉夹、圆杆夹等以及各种非标准化属具,如图1-2所示。

叉夹

推拉器

起重臂

侧移器

双叉旋转器

油桶夹

砖块夹

多用平夹

分离纸夹

纸箱夹

纸卷夹

串杆

双叉旋转器

图1-2 常用属具

第四节　叉车的特点及其选型

　　叉车规格种类繁多,每一种类型的叉车各有其适用的环境场合,错误的选型会造成仓储作业的低效及事故。本节系统介绍目前普遍使用的手动托盘车、电动托盘车、平衡重式叉车、前移式叉车等8种类型的叉车,并分析各类型之特点及其适用的环境场合。汽油叉车功率小,一般使用于中小吨位(常见为3 t以下)的叉车;液化石油气叉车广泛应用于那些对环保有要求的作业场所,其尾气排放优于柴油叉车。3 t以下的叉车可在船舱、火车车厢和集装箱内作业。对噪声和空气污染要求较严格的场合应用蓄电池或电动机为动力,如使用内燃机应装有消声器和废气净化装置。

　　随着社会化生产的发展与进步,劳动力与机械的专业分工也越来越细,各种专业设备的配套与衔接,使得整个物流系统运作井然有序,效率得到成倍提高。

　　在传统的储存体系中,所有的运搬、堆码、装卸可能完全靠人工或单一叉车来解决,在仓库管理上,会出现面积大、空间利用率低、人多、货物散乱堆放、出货慢、高峰期车辆排队等缺点。而现在,一整套入库、上架、拣货、配货到出库的全过程分别由叉车、各种室内运搬机械或自动化无人运搬设备及输送带、自动分拣设备等多种专业的设备分段处理,各种设备之间又可通过电子表单或无线传输来完成指令与衔接。一个同办公室一样明亮、洁净、快速有效、整齐有序的仓库环境已随时可以实现。

一、常见叉车系列及其特点

　　自托盘的发明使用、集装运搬以来,叉车(包括室内叉车、室外叉车)即作为物料运搬的主要工具。在未来的很长一段时期内,功能不断创新、自动化程度越来越高的叉车亦将仍然在运搬领域占据主导地位。

1) 叉车系列

叉车按不同的规格分为以下 8 个系列：

（1）手动液压托盘车（hand pallet trucks）。

（2）电动托盘车（power pallet trucks），又可分为自走式、站驾式、坐驾式三种。

（3）电动堆高机（support arm stackers），又可分为自走式、站驾式、坐驾式三种。

（4）电动平衡重叉车（electric counterbalance trucks），又可分为三轮与四轮、后轮驱动与前轮驱动几种。

（5）柴油、汽油或液化气平衡重叉车。

（6）前移式叉车。

（7）高架堆垛机（high rack stackers），又可分为人上式与不人上式等几种。

（8）拣选车（order pickers），又可分为平面拣选及高位拣选两种。

以上各个系列均有其最适用的场合与环境，而在某些功能上又有重合的部分，如平衡重叉车、前移式叉车、高架堆垛机都可以进行货架区的存取。

2) 各型叉车的特点

（1）托盘车：手动托盘车与电动托盘车都是用于平面点到点运搬的工具。小巧灵活的体型使手动托盘车几乎适用于任何场合。但是由于是人工操作，当运搬 2 t 左右较重的物品时比较吃力，所以通常用于 15 m 左右的短距离频繁作业，尤其是装卸货区域。在未来的物流各环节中，手动托盘车也将承担各个运输环节之间的衔接作用。在每一辆集装箱卡车或货车上都配备一辆手动托盘车，使得装卸作业更加快捷方便，并且不受场地限制。

当平面运搬距离在 30 m 左右时，步行式的电动托盘车无疑是最佳选择，行驶速度通过手柄上的无级变速开关控制，跟随操作人员步行速度的快慢,在降低人员疲劳度的同时,保证了操作的安全性。如主要运搬路线距离在 30 m 以上至 70 m 左右时,可以采用带折叠式踏板的电动托盘车,驾驶员站立驾驶,最大速度可提高近 60%。

(2)电动堆高机:电动堆高机为一种轻型的室内用提升堆垛设备,车身比较轻巧,通过车身前部的支撑臂加长配重的力臂,以平衡荷载。由于支点在荷载重心的外侧,配重力臂远大于荷载力臂,所以较小的配重即可提升起较大的荷载。以永恒力电动堆高机 EJC 14 为例,额定荷载 1.4 t,而自重仅 955 kg,车长、车宽、转弯半径也相应较小,这些特点使其在楼层式仓库或其他空间较小的储存环境中尤为适用,是小型仓库的最佳选择。

(3)平衡重叉车:人们通常把平衡重叉车称为叉车,这也是使用最广泛、用量最大的一个系列。由于没有支撑臂,这种叉车需要较长的轴距与较大的配重来平衡荷载,所以无论三轮、四轮、电动、柴油式,车身尺寸与重量都很大,需要较大的作业空间。同时,这种叉车货叉直接从前轮的前方叉取货物,对容器没有任何要求;底盘较高,使用橡胶胎或充气胎,使其具有很强的爬坡能力与地面适应能力。因此平衡重叉车普遍用于装卸货及室外运搬。

电动平衡重叉车可分为三轮与四轮、前轮驱动与后轮驱动。转向与驱动都是后轮称为后轮驱动,其优点是成本较低,相对前轮驱动来说较容易定位;缺点是当在光滑的地板及斜坡行走时,荷载提升时驱动轮压力会减轻,驱动轮可能打滑。现在大多数的电动平衡重叉车都采用双马达前轮驱动。三轮平衡重叉车与四轮平衡重叉车相比,转弯半径小,比较灵活,最适用于集装箱内部掏箱作业。

柴油及液化气平衡重叉车根据传动方式不同亦有两种,液力机械传动型与静压传动型。液力机械传动为比较传统的传动方式,成本较低,但变矩器传递效率低,能耗大,后期维护费用高。而静压传动是目前内燃叉车最理想、最先进的传动方式,主要特点是起步柔和、无级变速、换向迅速、维修简单、可靠性高。在户外短距频繁往返运搬时采用静压传动型内燃叉车效率明显提高。

(4) 前移式叉车:前移式堆高机这一系列的设备已逐渐成为室内高架存取的主要工具,其稳定的荷载提升性能使得立体仓库在高度方面首次突破了6.5 m的界限。现在,前移式叉车最大提升高度已达到11.5 m,载重范围为1~2.5 t,并且发展出用于存取长管件的多向前移式叉车、室内外通用型前移式叉车等特殊用途产品。

前移式叉车结合了有支撑臂的电动堆高机与无支撑臂的平衡重叉车的优点,当门架前伸至顶端,荷载重心落在支点外侧时相当于平衡重叉车;当门架完全收回后,荷载重心落在支点内侧时即相当于电动堆高机。这两种性能的结合,使得在保证操作灵活性及高荷载性能的同时,体积与自重不会增加很多,最大限度节省作业空间。

前移式叉车最具效益的操作高度为6~8 m,相当于建筑物高度在10 m左右,此高度也是目前最常见的卖场、配送中心、物流中心、企业中心仓库的建筑高度。在此高度范围内,操作人员视线可及,定位快捷,效率较高。当操作高度大于8 m时使用前移式叉车在叉取定位时需慢速仔细,通常可以加装高度指示器、高度选择器或者摄像头等辅助装置。

(5) 高架堆垛机:仓库面积较小,高度较高,而需要很大的储存量及较高的运搬效率时,如果不想花费巨大的投资在自动仓库上,那么高架堆垛机是唯一的也是最佳的选择。

高架堆垛机又可分为人上式和不人上式两种,驾驶舱作为主提升随门架同时上升称为人上式,优点是在任何高度都可以保持水平操作视线,保证最佳视野以提高操作安全性。同时由于操作者可以触及货架任何位置的货物,故可以同时用于拣货及盘点作业。

　　为了使高架堆垛机在通道内始终保持直线行驶,有磁导及机械式导引两种方式。磁导由于必须在巷道中央切割埋上磁线,容易破坏地坪并且不易搬迁调整,故目前使用较多的是机械式导引。采用机械式导引需与货架配合,在巷道的两侧安装钢轨,通过车身导轮及其他辅助装置导入巷道并沿直线行驶。

　　(6) 拣选车:拣选车系列在配送中心或第三方物流仓库有广泛应用。

二、叉车的选型

　　叉车的选型应按要求不同、企业性质的不同、货物的不同、用途和环境的不同来选择合适的车辆及其属具。应该考虑制造业与加工业的不同、运输业与仓储业的不同、食品业与化工业的不同、钢铁与电子产品的不同、危险品与特殊货物的不同等等。一般叉车的选用有以下参考标准:

　　(1) 根据产品货物和行业分类、安全卫生要求标准选择动力,可选择内燃机(柴油发动机、汽油发动机或液化石油气发动机)或者电瓶。

　　① 内燃发动机具有动力强劲、噪声大、废气排放有污染等特点。

　　② 柴油发动机比汽油、液化石油气发动机动力更强劲,汽油、液化石油气发动机比柴油发动机废气少,噪声较轻。

　　③ 电瓶叉车无污染,噪声更小,但目前无大吨位车辆,电瓶需要定期充电后才能继续使用。

　　(2) 根据需要的货物重量和装卸高度选择额定载重量和最大提升高度。高升程叉车还必须确认该叉车在最大提升高度时的最大载重量。

　　(3) 根据现有场地空间,特别是仓库及物流仓储场地,选择叉车的长、宽、高,选择最小转弯半径可在规定区域作业的叉车或按该叉车设计规定的最小转弯半径设计叉车作业的最小转弯回旋通道。

（4）危险货物的装卸搬运还必须符合国家有关规定，加装防爆系统。

① 内燃机在排气管上应按规定加装冷却系统，使尾气排放无火星，温度达到国家防爆规定要求。

② 电瓶叉车所有暴露部分可能发出电火花的地方必须达到不发生任何电火花的要求。

（5）根据现有区域的高度，选择多级门架或全自由提升门架，确保低净空的通过能力。

（6）根据货物大小选择货叉长度或加装货叉套。

（7）根据作业需要集装箱或室内墙角货物装卸，选择是否加装侧移器。

（8）根据地面情况和要求选择充气轮胎还是实心轮胎，其花纹也要符合要求。

在选择叉车时，还应根据企业现有特点考虑叉车的各种特性，如爬坡性，最大前后倾角度，发动机功率、转速，电瓶的容量及电压等。

第五节　电子技术在叉车及现代物流管理中的应用

目前先进的叉车技术已在现代物流管理中得到广泛的应用。

一、叉车车载电脑

车载式电脑通过 WLAN 联网，记录进出企业物流控制中心的货物信息，车载电脑带有 10.4 英寸高亮度液晶显示器，并外接一个条码扫描仪，提供有关货物贮存、定位和搬运计划的关键数据，以进行库存管理和成品发货。自动追踪对于物流系统至关重要，货物的定位必须准确无误且瞬间完成。所有进出货物均须编目。与此同时,每台扫描仪必须与所在的叉车编号相对应。这样物流信息系统可以跟踪每辆叉车在仓库中所处的位置,同时计算叉车工作效率,以便系统平等分配任务,由于订单必须被快速响应,因此系统必须具备强大的数据处理能力,以实施周全的物流周转计划。车载式电脑亦可在室内外操作,如图1-3所示。

图1-3 韩国TREK-755车载电脑系统

二、射频识别技术

(1)射频识别(RFID)技术原理:RFID技术是一种无接触自动识别技术,其基本原理是利用射频信号及其空间耦合、传输特性,实现对静止的或移动中的待识别物品的自动机器识别。射频识别系统一般由两个部分组成,即电子标签和阅读器。应用中,电子标签附着在待识别的物品上,当附着电子标签的待识别物品通过读取范围时,阅读器自动以无接触的方式远距离将电子标签中的约定识别信息取出(阅读器可同时读取50个以上标签的数据),从而实现自动识别物品或自动收集物品标识信息的功能,如图1-4所示。

① 阅读器:又称读卡器,分为固定安装阅读器和手持式阅读器。阅读器通过天线感应标签,并读取标签内的数据信息,如图1-5所示。常用阅读器为UHF915 MHz阅读器。固定安装阅读

① 特定EPC ② 阅读器扫描 ③ Savant中间 ④ DNS将EPC映射 ⑤ PML服务器
代码嵌入 智能标记并 体查询DNS 到存储货物信息 包含有关物
到RFID标记 将数据发往 数据包 的URL,这些信 品信息,如
设备中并贴 运行中间体 息采用PML编码 生产日期、
到货物上 的计算机上 交换日期等

图 1-4　RFID 的原理

器对标签读取的距离可以达到 8 m,而手持式阅读器的读取距离
为 1 m 左右。

图 1-5　阅读器

　　② 标签:标签有各种款式,如卡片式,信用卡大小,安装在货
车、集装箱上,也可安装在托盘、货物、包裹上,标签有各种封装形
式,可针对性地选择。每个标签拥有一个全球唯一的 ID 号码,标
签中有安装物件、货物的信息,可以被识别、读取,并可回收利用。
标签可以十分方便地附着安装在待识别物体上,如图 1-6 所示。
　　③ 管理软件:阅读器在获取大量标签的数据后可以直接接
入计算机的端口,即时自动输入系统数据库,由管理软件进行管
理。管理软件为网络版,这意味着在全球任何一台互联网上的

图1-6 标签

电脑上，管理者或者用户都可以实时对货物进行管理、查询，了解货车的所在位置等。信息上传到一个普通的互联网平台，这样货物端到端实时运动的可视化场景就能获得。

（2）射频识别技术在叉车导航上的应用：RFID导航读写器系统可以通知叉车操作系统任何时刻叉车所处的位置和前进方向。其原理是：在地板上嵌入第一枚电子标签对通道进行识别，再在同一条通道内的不远处嵌入第二枚标签，如图1-7所示。如果读写器连续读到通道的第一、第二枚标签，操作系统默认叉车进入该条通道。当叉车退出通道，读写器则依次读到第二、第一枚标签。

图1-7 电子标签

RFID导航读写器和天线相配合，当叉车在仓库中移动时，读写器收集嵌入地板里默认的64 kHz或128 kHz RFID标签，并传送给随车电脑，电脑对标签数据进行处理，从而控制叉车操作。

标签储存着其他的指令性编码，可自动按照地面情况，命令操作系统减缓速度以保证叉车操作安全以及自动警告高度的限制指令等。使用RFID导航读写器，可以将工作效率提高30%。

（3）射频识别技术在仓储及配送管理中的应用

① 仓库与仓库之间的通道和出入口安装读卡器,这样当安装了标签的托盘、叉车、货物等进入读取区域时会被自动识别、记录,传给系统数据库保存;而在后台,货物离开配货中心时,通道口的阅读器在读取标签上的信息后,将其传送到处理系统自动生成发货清单;货车抵达目的地仓库后,由接货口的阅读器自动对车上的货物直接扫描,即可迅速完成验收与核对,如图1-8所示。

图 1-8　阅读器安装在通道口　　**图 1-9　阅读器安装在叉车、托盘通道上方**

② 叉车、托盘上安装标签,管理系统可以随时跟踪叉车和托盘的方位。阅读器安装在叉车、托盘进出仓库经过的通道口上方,每个托盘上都安装了射频标签,当叉车装载着托盘货物通过时,阅读器把信息读入计算机,自动记录哪个托盘货物已经通过,如图1-9所示。

③ 在货物及包裹上安装标签,管理系统可以通过固定安装阅读器或手持阅读器在物流的各环节和流程里实时跟踪货物,方便盘点、查找、比对。工作人员可以通过系统采集整理的数据清晰掌握仓库内货物是否过期等存放情况。如果用传统的方法在大量堆叠的托盘中寻找某一件货物,需要很大的工作量,而使用了 RFID 系统,查找过程变得很简单,工作人员只需要拿着手持阅读器对相关区域扫描即可轻易准确找到需要查找的货物。由于射频具有穿

透性,所以即便是查找包裹深处的某件贴有标签的小货物也是轻而易举。

④ 在货物传输带上方安装阅读器,当货物通过传输带时,系统通过阅读器快速获取货物的信息,即时将传入计算机和系统内的原始数据做比对,如图 1-10 所示。RFID 管理系统可以完全摒弃用书面文件完成货物分拣的传统方法,提高效率,节省劳动力,不但可以快速完成简单订货的存储提取,而且可以方便地根据货物的尺寸、提货的速度要求、装卸要求等实现复杂货物的存储与提取;分拣工人只需简单的操作就可以实现货物的自动进库、出库、包装、装卸等作业,降低了工人的劳动强度,提高了效率,最重要的是它可以高速无误地处理这一流程。

图 1-10 阅读器安装在传输带上方　图 1-11 用手持阅读器查对货物

⑤ 货物到达目的地,工作人员拿着手持阅读器可以非常快速地查对到达货物,如图 1-11 所示,传入数据库比对,不会发生传统记录的错记误记。由于可以远距离感应,并同时准确处理 30 张标签,大大提高了工作的效率及准确率。货车在离开仓库前将被阅读器自动读取、识别,获得的信息自动传入后台管理系统,系统即刻与数据库内原始数据比对。如发现错运、漏运等信息,系统将自动报警,阻止货车出库,保证了货物运输的绝对准确性。

⑥ 工作人员身上携带一个标签,当他们在仓库内移动时,安

装在出入口及仓库空间上方的阅读器实时跟踪,并记录下工作人员的运行时间及轨迹,方便监控工作人员的工作,考察工作人员的工作效率。

　　将 RFID 系统用于智能仓储货物管理,RFID 有效地解决了仓库中与货物流动有关的信息的管理,它不但增加了一定时间内处理货物的件数,还监控着这些货物的一切信息。信息都被存储在仓库的中心计算机里,货物被装走运往别地时,由另一读写器识别并告知计算中心它被放在哪个拖车上。这样管理中心可以实时地了解到已经处理了多少货物和发送了多少货物,并可自动识别货物,确定货物的位置。

　　固定安装阅读器和手持阅读器的同时使用使得现场数据采集、盘点、出入库管理、库位检查等现场操作变得清晰、准确、系统、科学。

第二章　叉车的构造

叉车一般由动力系统、传动装置、转向系统、安全系统、工作装置、液压传动系统和电气系统等组成。

平衡重式内燃叉车外观如图2-1所示。

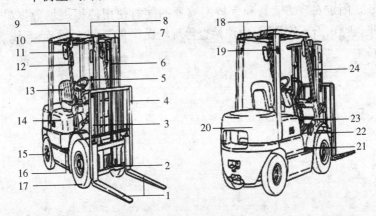

图2-1　平衡重式内燃叉车外观

1—货叉;2—货叉止动螺栓;3—货叉止动销;4—挡货架;5—方向盘;6—起升链条;7—内门架;8—外门架;9—头灯;10—护顶架;11—后视镜;12—前组合灯;13—坐椅;14—内燃机罩;15—转向轮;16—左踏脚板;17—驱动轮;18—后组合灯;19—吸气口;20—平衡重;21—右踏脚板;22—挡泥板;23—倾斜缸;24—升降缸

第一节　四行程发动机

发动机的基本原理是燃料在发动机气缸体内部燃烧,将所产生的热能转变为动能(机械能),输出转速和扭矩,通过传动机构驱动车辆运动。

由于使用的燃料和点火方式的不同,目前有汽油发动机和柴油发动机两种。汽油发动机通过局部改造以后,可以使用液化石油气作为燃料。

一般汽油发动机是通过汽化器(化油器)使汽油和空气混合后被吸入发动机气缸内,再用电火花使它燃烧做功。这种发动机称为汽化器式发动机。也有使汽油直接喷射到气缸内(或喷射到进气管内)和吸入气缸的空气混合,再用电火花使它燃烧而产生热能做功的,这种发动机称为直接喷射式发动机。四缸汽油发动机如图2-2所示。

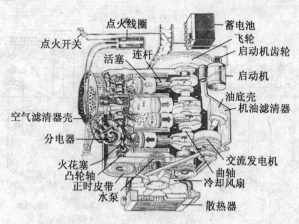

图 2-2　四缸汽油发动机

柴油发动机使用的燃料是柴油。一般是通过喷油泵、喷油器将柴油直接喷入发动机气缸内,和早已被吸入气缸内的空气混合,在高压高温条件下自燃而产生热能。这种发动机称为压燃式发动机。

一、发动机的工作原理

1) 四行程汽油发动机的工作原理

汽油发动机必须先将燃料和空气吸入气缸,经压缩后使它燃烧发出热能,通过一定的机构转化为机械能,最后把燃烧的废气排出气缸。在气缸内进行的每一次热能转化为机械能的一系列连续过程称为发动机的一个工作循环。凡活塞往复四个单程而完成一个工作循环的,称为四行程发动机。

如图 2-3 所示,活塞离曲轴中心最远处,即活塞的最高位置,称为上止点。活塞离曲轴中心最近处,即活塞的最低位置称为下止点。上下止点的距离称为活塞行程。活塞从上止点到下止点所扫过的气缸容积称为气缸的工作容积,多气缸工作容积的总和称为发动机工作容积或发动机排量。

图 2-4 所示为单缸四行程发动机结构简图。

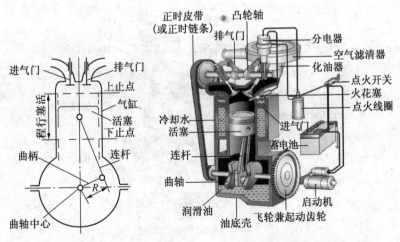

图 2-3 发动机工作原理图　　图 2-4 单缸四行程发动机结构简图

四行程发动机的工作循环包括四个行程,按其作用不同分为进气行程、压缩行程、做功行程和排气行程,如图 2-5 所示。

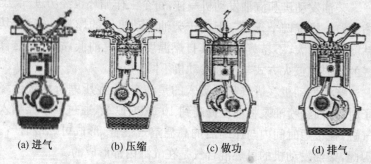

(a) 进气　　　　(b) 压缩　　　　(c) 做功　　　　(d) 排气

图 2-5　四行程发动机的行程

(1) 进气行程:为使发动机做功,必须先把燃料和空气供入气缸。先将燃料与空气在汽化器中进行混合,然后再吸入气缸。在此过程中,进气门打开,排气门关闭,活塞被曲轴带动从上止点向下止点移动一个行程,如图 2-5(a) 所示。

(2) 压缩行程:为了使吸入气缸内的可燃混合气能迅速燃烧,产生较大的压力,从而使发动机发出大功率,必须在燃烧前将可燃混合气压缩,使其容积变小,密度增大,温度升高,即需要有压缩过程。在这个过程中,进、排气门全部关闭,曲轴推动活塞由下止点向上止点移动一个行程,称为压缩行程,如图 2-5(b) 所示。

(3) 做功行程:压缩终了,燃烧室中的可燃混合气在温度和压力较高时被火花塞发出的电火花点燃而燃烧。此时进、排气门均关闭,活塞刚开始下移,燃烧着的气体不能及时充分膨胀,于是气缸内的压力和温度都迅速升高,高压气体推动活塞向下移动,并通过连杆使曲轴旋转做功,如图 2-5(c) 所示。

(4) 排气行程:可燃混合气燃烧后变为废气。为使发动机正常工作,必须把废气排出。此过程中,排气门打开,进气门关闭,由储有相当大功能的飞轮带动曲轴旋转,并推动活塞由下止点向上止点移动,把废气由排气门排出气缸,如图 2-5(d)所示。

2) 四行程柴油发动机的工作原理

柴油发动机和汽油发动机一样,每个工作循环也经历进气、压缩、做功、排气四个行程。但由于柴油发动机用的燃料是柴油,其粘度比汽油大,不易蒸发,而其自燃温度却较汽油低,故可燃混合气的形成及点火方式与汽油发动机不同。

柴油发动机在进气行程吸入的是纯空气,在压缩行程接近终了时,柴油经喷油泵将油压提高到 10 MPa 以上,通过喷油器喷入气缸,在很短时间内与压缩后的高温空气混合,形成可燃混合气。因此,柴油发动机的可燃混合气是在气缸内部形成的。

二、发动机的构造

发动机由发动机本体、冷却系统、润滑系统、燃料供给装置和电气系统构成,其中发动机本体又包括机体、曲柄连杆结构、配气机构。

1) 发动机本体

发动机本体包括了三个主要部件及机构。

(1) 机体:机体包括气缸体、气缸盖、油底壳等。机体的作用是作为发动机各机构、各系统的装配基体,而其本身的许多部分又分别是曲柄连杆机构、配气机构、燃料供给系统和润滑系统的组成部分。气缸体和气缸盖的内壁共同组成燃烧室的一部分,所以又是承受高压和高温的机件,如图 2-6 所示。

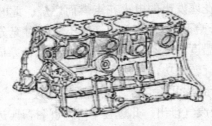

图 2-6　气缸体

（2）曲柄连杆机构：曲柄连杆机构是往复活塞式发动机的重要组成部分。它可以分为两组：活塞连杆组和曲轴飞轮组（图2-7、图2-8），前者由活塞、活塞环、活塞销、连杆组成，后者由曲轴和飞轮组成。连杆小端用活塞销与活塞连接在一起，连杆大端与偏离曲轴中心线的连杆轴颈相连；曲轴通过本身的主轴颈支承在机体上。燃烧气体的压力直接作用在活塞上，推动活塞作往复直线运动，然后经连杆和曲轴将活塞的直线运动转变为曲轴的旋转运动，从而获得所需的扭矩和转速。发动机所产生的动力，大部分传给车辆的传动系统，小部分通过其他的传动装置驱动其他机构。

图2-7　曲柄连杆结构

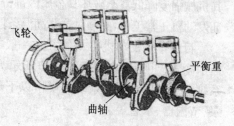

图2-8　曲轴飞轮组

做往复运动的机件（如活塞）的线速度是很大的。因此，机体与曲柄连杆机构的工作条件的特点是高温、高压、高速和化学腐蚀。

（3）配气机构：配气机构的功用是按照发动机每一个气缸内所进行的工作循环和发火次序的要求，定时开启和关闭各气缸的进、排气口，使新鲜可燃混合气（汽油发动机）或空气（柴油发动机）得以及时进入气缸，废气得以及时从气缸排除，如图2-9所示。

2）冷却系统

发动机工作过程中，可燃混合气燃烧时，气缸内气体温度可高达1 800～2 000℃。直接与高温气体接触的零部件（气缸体、气缸

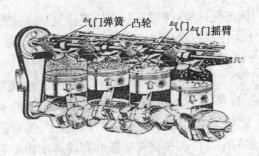

图 2-9　配气机构

盖、活塞等)若不及时加以冷却,运动机件将会因热膨胀而改变了正常间隙,或因润滑油高温失效而卡死;各机件也可能因高温而导致其机械强度降低甚至破坏其金属内部分子结构而损坏。因此,为保证发动机正常工作,必须对这些高温条件下工作的机件加以冷却。

目前车辆发动机冷却的方式一般有两种:水冷式和风冷式。但水冷式应用更广泛。图 2-10 所示为发动机强制循环式水冷却系统示意图。水冷却系统主要由以下部件组成:散热器、风扇、水泵、节温器、水管等。

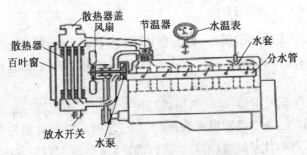

图 2-10　发动机循环式水冷却系统示意图

(1)散热器—水箱:水箱其主要组成部分为上贮水箱、下贮水箱和散热器芯等,顶部有加水口,冷却水由此注入整个冷却系统,然后将水箱盖严密盖住。目前车辆上多采用闭式水冷却系统,这种水冷却系统的水箱盖具有自动阀门,发动机热状态正常时阀门关闭,将冷却系统与大气隔开,防止水蒸气溢出,使冷却系统内的压力稍高于大气压力,从而可增高冷却水的沸点。

水箱上的上、下水管接口通过水管与发动机连接,在水泵的作用下,将发动机内的高温通过水的流动传递到水箱,再在风扇的作用下,将贮存在水箱表面散热片上的热量扩散到大气,从而达到降温的目的。

在发动机热态下开启水箱盖时,特别注意应缓慢旋开,使冷却系统内的压力逐渐降低,以免出现被热水烫伤事故。

水箱底部安装有放水开关,便于冬天放尽冷却水,防止水结冰而破坏水箱。放水时打开各放水开关,打开水箱盖。

(2)风扇:风扇通常安装在散热器后面,并与水泵同轴,当风扇旋转时,对空气产生吸力,使之沿轴向流动。空气流由前向后通过散热器芯的冷却水加速冷却,从而加强了冷却系统对发动机的冷却作用。风扇通常和发电机一起由曲轴皮带轮通过三角皮带驱动。为了使皮带传动正常工作,通常将发电机的支架做成可移动式的,以便调节皮带的紧度。风扇皮带的紧度要求一般是用大拇指压下皮带(约有 4 千克力左右)时产生 10~15 mm 的挠度为宜。

(3)水泵:水泵的作用是对冷却水加压,使水在冷却系统中加速循环流动。

(4)节温器:通过散热器的冷却水的流量,一般是由节温器来控制的。节温器装在冷却水循环的道路中(一般装在气缸盖出水口处)。

发动机冷却系统的工作状态对发动机的功率有一定程度的影响,在某种程度上还会影响发动机的使用寿命,因此应经常检查冷却系统工作状态。一般采用水冷却系统时,冷却水的温度在 80~90℃之间。

3) 润滑系统

发动机工作时,受力零件的相对运动(转动或滑动)表面之间必然会产生摩擦,因而将产生很大的摩擦力,其结果不仅增大了发动机内部的功率消耗,而且使零件工作表面迅速磨损,同时由于摩擦产生大量的热量,从而会导致某些零件表面熔损,致使发动机无法运转。因此,为保证发动机正常工作,必须对相对运动的零件表面加以润滑,亦即在摩擦表面上覆盖一层润滑油,使金属表面间隔一层薄的油膜以减小摩擦阻力,减小机件磨损,降低功率损耗,从而延长发动机的寿命。由于发动机的运动部件较多,对此,必须有一个润滑系统对各运动部件供给润滑油。流动的润滑油不仅可以减少摩擦及清除摩擦表面上的磨屑等杂质,而且还能冷却摩擦表面。此外,气缸壁和活塞环上的油膜能提高气缸的密封性。

由于发动机各运动零件的工作条件不同,所承受的载荷及相对运动的速度也不同,所以要求的润滑条件也不相同,因而应采取不同的润滑方式。曲轴主轴承、连杆轴承及凸轮轴轴承等处承受的载荷及相对运动速度较大,需要一定的压力将润滑油输送到摩擦表面中,方能形成油膜,保证润滑,这种润滑方式称为压力润滑。发动机润滑系统,主要由以下部件组成:

(1)机油泵:机油泵是利用发动机的曲轴或凸轮轴带动,其结构形式通常采用外啮合齿轮泵和内啮合齿轮泵或摆线泵。机油泵的工作原理与液压传动系统油泵的工作原理是一样的。

(2)机油滤清器:机油通过摩擦面之前,经过滤清器滤清的次数越多,则机油越清洁。但滤清次数越多,机油流动阻力也越大。为解决滤清与油路通畅的矛盾,在润滑系统中一般装有几个不同滤清功能的滤清器,如集油器、粗滤器、精滤器,分别并联和串联在主油道中,这样既能使机油得到较好的滤清,而又不会造成很大的流动阻力。

(3)机油散热器:在有些发动机上,为使机油保持在最有利的温度范围内工作,装有机油散热器,其结构与冷却系统水散热器类似。

4）燃料供给系统

（1）汽油发动机燃料供给系统：汽油发动机所用的燃料是汽油。汽油在未输入气缸前,须先喷散成雾状（雾化）和蒸发,并按一定的比例与空气混合形成均匀的混合气,可燃混合气中燃油含量的多少称为可燃混合气浓度。一般汽油发动机燃油供给系统的组成如图 2-11 所示,它包括如下几个主要装置：

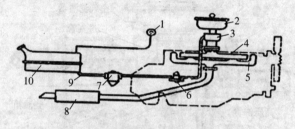

图 2-11　燃料供给系统示意图

1—油面指示表;2—空气滤清器;3—汽化器;4—进气管;
5—排气管;6—汽油泵;7—汽油滤清器;8—排气消音器;
9—油管;10—汽油箱

① 燃料供给装置：包括汽油箱、汽油滤清器、汽油泵、油管,用以完成汽油的贮存、输送及清洁的任务。汽油泵的作用是将汽油从油箱吸出,经油管和汽油滤清器,然后泵入汽化器浮子室。

② 空气供给装置：空气滤清器,在某些车型上还装有进气消音器。空气滤清器的作用是清除进入汽化器的空气中所含的尘土和砂粒,以减少气缸、活塞和活塞环的磨损。实践证明,若不装空气滤清器,气缸磨损将增加 8 倍,活塞磨损将增加 3 倍,活塞环磨损将增加 9 倍。

③ 可燃混合气形成装置：汽化器（化油器）。

④ 可燃混合气供给和废气排出装置：包括进气管、排气管和

消音器。

进气管的作用是将汽化器所供给的可燃混合气分别送到发动机的各个气缸,排气管的作用是汇集各气缸的废气,从消音器里排出。

(2)柴油发动机燃料供给系统

① 燃油供给部分:主要由油箱、输油泵、低压油管、滤清器、喷油泵、高压油管、喷油器和回油管等组成,如图 2-12 所示。

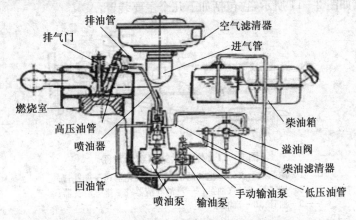

图 2-12 柴油发动机燃料供给系统示意图

从柴油箱到油泵入口的这段油路中的油压是由输油泵建立的,输油泵的出油压力一般为 0.15~0.3 MPa,故这段油路称为低压油路。低压油路只用以向喷油泵供给滤清的燃油。从喷油泵到喷油器这段油路的油压是由喷油泵建立的,油压一般在10 MPa 以上,故这段油路称为高压油路,其作用是增大燃油压力,使柴油通过喷油器呈雾状喷入燃烧室,与空气混合而形成可燃混合气。

a. 喷油器:喷油器的功用是将柴油雾化成较细的颗粒,并把它均匀地分布到燃烧室中。根据柴油发动机混合气形成与燃烧的要求,喷油器应具有一定的喷射压力和射程以及合适的喷注锥角。此外,喷油器在规定的停止喷油时刻应能迅速地切断燃油的供给,不发生燃油的滴漏现象。

b. 喷油泵:喷油泵的作用是根据发动机不同的工作状况,将一定量的燃油提高到一定的压力,按照规定的时间通过喷油器供入气缸。多缸柴油发动机的喷油泵还应保证:各缸的供油次序应符合选定的发动机发火次序;各缸供油量均匀,不均匀度在标定工况下应不大于 4%;各缸供油提前角一致,相差不能大于 0.5°曲轴转角。为了避免喷油器的滴漏现象,喷油泵必须保证供油停止迅速。

为了在柴油发动机启动时排除整个油路中的空气,将柴油充满喷油泵,在输油泵上还装有手动输油泵。

② 空气供给部分:由空气滤清器、进气管和气缸盖内的进气道等组成。

混合气形成部分是燃烧室。柴油发动机供给系统中的空气滤清器、进气管、排气管、排气消音器等功用、构造和工作原理与汽油发动机供给系统基本相同,不再阐述。

③ 燃烧室:柴油发动机混合气形成与燃烧与汽油发动机有很大的不同。在汽油发动机中,易蒸发的汽油在汽化器中即开始与空气混合,这种混合气形成过程在进气管和气缸中继续进行,一直到压缩过程的终了。因此,可以认为在火花塞跳火时,燃料和空气已经完全混合好,形成了均匀的汽油空气混合气。

柴油发动机在进气过程中进入气缸的是纯空气,在压缩行程接近终了时,柴油才从喷油器呈雾状喷入气缸,随即发火燃烧,故混合气形成时间极短,实际上,柴油喷入气缸时,气缸内的压力在 3MPa 以上,空气温度已达到 600℃以上,远远超过了柴油的自燃温度,但柴油也不会一经喷入气缸就立即着火燃烧,而是稍有滞后,这个滞后过程被称为"着火落后期"。

由于柴油发动机的混合气形成和燃烧是在燃烧室内进行的,所以燃烧室的结构形式直接影响到所形成混合气的品质和燃烧状况。按结构形式不同,燃烧室可分为直接喷射式燃烧室和分隔式燃烧室两大类。

a. 直接喷射式燃烧室:直接喷射式燃烧室是由活塞顶与气缸盖内壁所包围形成的单一内腔。采用这种燃烧室时,一般采用多孔喷油器,将柴油直接喷射到燃烧室中,借喷出油柱的形状和燃烧室形状的吻合以及室内空气的涡流运动,迅速形成混合气。

b. 分隔式燃烧室:这种燃烧室内腔被分隔为两部分,一部分位于活塞顶与缸盖下平面之间,燃烧过程主要在这里进行,称为主燃烧室;另一部分位于气缸盖体内,称为辅助燃烧室。这两部分由一个或几个通道相连。其形式有两种:涡流室式燃烧室和预燃室式燃烧室。

5) 发动机电气系统

车辆的各个部位使用了各种电气件,与发动机相关的电气件称为"发动机电气系统"。该电气系统可以分为启动系统、点火系统、充电系统三个系统,电流在其中循环。在发动机电气系统中只有汽油发动机有点火系,它往往把很低的电压提高1 000倍,使火花塞产生火花,把点火正时地分配到每个气缸的火花塞。

图2-13所示为发动机电气系统结构简图。

发动机的电力做如下循环。

① 转动启动开关启动发动机。

② 电流从蓄电池流到启动电机,带动飞轮齿圈使发动机旋转。

③ 活塞往复直线运动,压缩混合气。

④ 同时,凸轮驱动系统使分电器工作,在内藏凸轮的作用下,点火打开,在点火线圈产生高压电流,利用分电器上部的转子传送

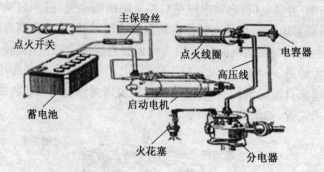

图 2-13 汽油发动机电气系统结构图

到各气缸的火花塞产生火花。

⑤ 用该火花点火,爆发产生的混合气体的膨胀力做功推动活塞运动,发动机发出功率,同时带动发电机发电,并向蓄电池充电。

（1）蓄电池:蓄电池的结构是在电解液中插入正极板和负极板式的湿电池,每两张铅板相向放入壳内,加入稀硫酸(硫酸和蒸馏水),通过化学反应将化学能转变为电能。图 2-14 所示是大多数车辆使用的铅蓄电池。

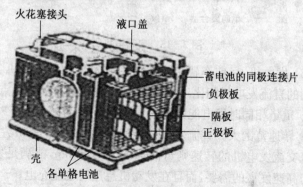

图 2-14 蓄电池

（2）启动电机：启动电机是启动发动机的装置，打开启动电机开关，从蓄电池流出的电流使启动电机旋转，同时被单向离合器压动的小齿轮与发动机曲轴上的飞轮齿圈直接啮合，进行旋转。减速比大约是 10∶1。当发动机工作时，由于单向离合器的作用，不会传递来自发动机的回转力，小齿轮即脱离曲轴上的飞轮齿圈，回到原来位置，如图 2-15 所示。

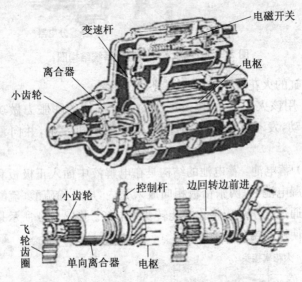

图 2-15 启动电机

（3）发电机：目前车辆上主要使用硅整流交流发电机。与过去使用的直流发电机相比，硅整流交流发电机具有如下优点：

① 重量相同时发电能力强一倍以上；

② 转速范围大。直流发电机转速只能在 700 r/min 左右，而硅整流交流发电机的转速则可高达 12 000 r/min，能满足发动机日益向高速发展的需要，而且在发动机怠速时也能充电；

③ 结构简单，工作可靠，使用寿命长。

第二节　传动装置

传动装置的主要作用是将发动机输出的动力(转速和有效扭矩)传递给驱动车轮,并根据车辆行驶条件的变化,相应地改变传递给驱动车轮的扭矩和转速。传动装置如图 2-16 所示。

在传动装置中装配恰当的减速装置,使传递给驱动轮的扭矩增大、转速降低,则车辆就可以克服行驶阻力,并根据需要选择适当的行驶速度。

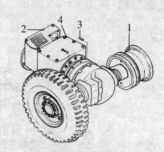

图 2-16　传动装置
1—驱动桥;2—离合器;3—销;
4—机械变速箱

厂内机动车辆的传动装置一般有机械式传动、液力机械式传动(动压传动)和静压传动(全液压传动)三种形式。

机械式传动装置,其动力由发动机经离合器、变速器、传动轴、主减速器、差速器、半轴传至驱动轮,如图 2-17 所示。

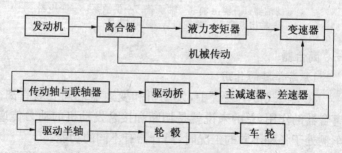

图 2-17　机械式传动装置的传动路线

本节主要介绍液力机械式传动(动压传动)装置。

液力机械式传动装置,以液力变矩器和机械变速器来代替机械传动中的离合器和机械变速器。其动力由发动机经液力变矩器,前、后传动轴,变速器,主减速器,差速器,半轴,轮边减速器传至驱动轮,如图2-18所示。

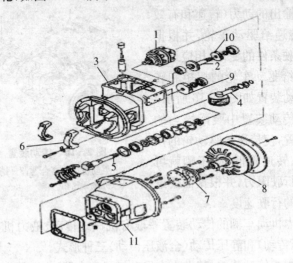

图 2-18　动压传动装置

1—液力离合器;2—惰轮轴;3—液力变速箱壳体;4—滤油器;5—输出轴;6—轴承盖;7—供油泵;8—变矩器;9—输出齿轮;10—惰轮;11—变矩器壳体

一、离合器

1)离合器的作用

在机械式传动装置中,发动机和变速器之间安装有离合器。离合器的作用,总的来说就是切断和接合发动机的动力传递。当车辆处于各种不同的工况时,离合器有不同的功能。

车辆起步前,受最低稳定转速的限制,发动机不能带负荷启动,即必须使发动机与变速器之间的动力传递中断。在发动机启动时,将离合器分离,切断动力传递,确保发动机空载启动,且在车辆起步前,离合器的分离可保证发动机处于空载怠速运转状态。

车辆起步时,渐渐接合离合器,并逐渐加大油门,使发动机的扭矩逐渐加大,并通过离合器传递给传动装置,驱动车辆,使车辆克服行驶阻力从静止状态平稳起步。

车辆行驶时,离合器通常处于接合状态,传递动力。根据路面状况和行驶速度的需要,车辆要适当的换挡变速。因此,在变速器换挡前,首先要使离合器分离,切断动力传递,以确保顺利地换挡。

车辆紧急制动时,车轮及传动装置突然被制动,此时发动机运转部件将产生很大的惯性力矩,对被制动的传动装置突然冲击,有可能使传动机构超载而损坏。装置离合器后,由于离合器摩擦表面打滑,使发动机运转的惯性力矩不可能全部传递给传动装置,从而保护了传动机构,使之不致超载。同时离合器也保护了发动机的运转部件,防止其超载。

由于叉车等工程车辆的起步、加速、换挡操作比较频繁,离合器也频繁地处于接合和分离过程,是车辆传动装置中的一个重要部件,故它的可靠性及使用寿命,对车辆的使用性能关系极大。操作人员正确、适当、合理地使用离合器,能够直接减少车辆部件的磨损,增加操作的稳定性。

2) 离合器的工作原理

目前在车辆上应用的一般是摩擦式离合器,它是依靠两个接触面之间的摩擦力矩来传递动力,如图 2-19 所示。

摩擦式离合器由四个基本部分组成:主动部分——飞轮与其经常接触的零件;从动部分——与变速器输入轴经常连接的零件;压力弹簧;分离操纵机构。

飞轮是离合器的主动件,带有摩擦衬片的从动盘通过花键与从动轴(即变速器的主动轴)相连。压力弹簧将从动盘压紧在飞轮端面上。扭矩是靠主、从动盘接触面上的摩擦作用传递给从动盘,

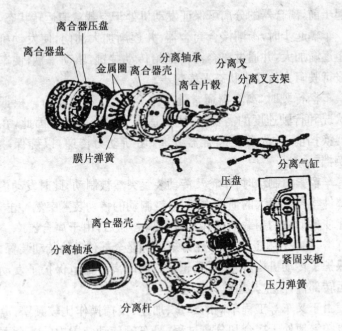

图 2-19　离合器分解图

弹簧的压紧力越大,则离合器所能传递的扭矩也越大。离合器具有工作可靠、结构简单、分离彻底、散热良好、调整方便、尺寸紧凑等功能。

离合器盖用螺钉装在飞轮上,压盘有三个凸出部,位于离合器盖的窗孔内。飞轮与压盘之间装有从动盘,从动盘用花键套在变速器第一轴上,可在花键槽上轴向移动。盖与压盘之间嵌有弹簧(一般 6～9 个),使压盘将从动盘摩擦片压紧飞轮,在从动盘摩擦片与飞轮和压板两个接触面之间产生摩擦力,扭矩经从动盘花键轴套输入变速器,压盘与弹簧之间衬有隔热垫圈,用以防止弹簧受热而降低弹性。分离杠杆(3～6 根)用分离杆支架装在离合器盖和压盘上,分离杠杆的内端分布在变速器第一轴的周围,当承受到分离轴承的压力时,分离杆支架因杠杆作用将压盘后顶,压盘压缩压力弹簧,使从动盘和飞轮分离,切断动力的传递。

分离轴承安装在分离套筒上,用弹簧把它后拉回定位。分离轴承与分离叉内端有一定的间隙(3~4 mm),保证在摩擦片有部分磨损时,不因分离杆内端被分离轴承抵住而压盘不能向前,造成离合器的滑磨。由于这一间隙的存在,当踏下离合器踏板时,首先有一段行程用于补偿这一间隙,亦即在踏板开始踏下的一段行程内,离合器并不松开,这一行程叫做"自由行程"。分离杠杆与分离轴承有 3~4 mm 的间隙,由于杠杆的比例关系,踏板的"自由行程"将为 35~45 mm。

3) 离合器的操纵机构

驾驶员通过操纵机构来控制离合器的分离和结合。目前在车辆上应用的离合器操纵机构有机械式和液压式两种。机械式操纵机构一般采用杆件连接,铰接点多,摩擦阻力大,操纵较重。

液压式操纵机构,主要由离合器踏板、主缸和工作缸、液压制动总泵及油管等组成。其特点是操纵轻便、接合柔和。目前,车辆上使用的大多为液压式操纵机构。

二、变速器

变速器的主要功用是:改变发动机的扭矩和转速,使车辆获得需要的牵引力和行驶速度,以适应各种道路条件下的起步、爬坡和高低速度的要求。在机械式传动装置中,它是唯一的变速机构。

1) 机械式变速器

机械式变速器一般是指齿轮传动的有级式变速器。根据齿轮啮合形式可分为:直齿滑动式啮合、斜齿啮合套啮合式和斜齿同步器啮合式,如图 2 - 20 所示。

根据挡位数目的不同,变速器可分为:一挡、二挡、三挡、四挡或多挡位变速器。对叉车而言,不需要很多挡位的变速器。低挡

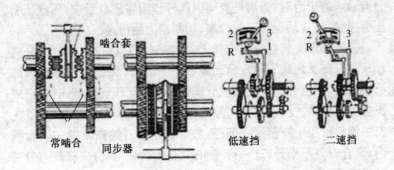

| 图 2-20 齿轮啮合形式 | 图 2-21 低挡位变速器示意图 |

位变速器如图 2-21 所示。

2) 液力变矩器

液力变矩器属于液力机械传动装置。它是利用液体为工作介质来传递动力,即液体在循环流动过程中,通过液体流动的动能变化来传递动力,属动液传动。液力变矩器不仅可以传递扭矩,而且可以根据需要改变输出扭矩的数值,以满足行驶牵引力的需要。

液力变矩器主要由可旋转泵轮、涡轮和固定不动的导轮三个元件组成,如图 2-22 所示。液力变矩器不仅能传递扭矩,而且能

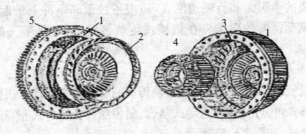

图 2-22 液力变矩器

1—变矩器壳;2—涡轮;3—泵轮;4—导轮;5—启动齿圈

在泵轮扭矩不变的情况下,随着涡轮的转速不同改变输出扭矩的数值,通常扭矩的数值可增大 1.6~5 倍。液力变矩器能在一定范围内实现无级变速,减小冲击载荷,使车辆运行平稳,运行适应性增强。

3)动力换挡式变速器

动力换挡式变速器,即所谓无级变速,它是由两根带离合器的传动轴和输出轴及前进、后退等齿轮组成。具有前进快、慢和倒退三个挡位,采用液压操纵,可以实现不切断动力换挡。目前小吨位车辆采用的是前进和倒退两个挡位,速度由油门控制而变化。

三、传动轴及联轴器

传动轴及联轴器主要用来连接传动系统中各相关的部件,以传递动力。常用的联轴器有万向联轴器、凸缘联轴器和弹性联轴器等。

四、驱动桥

驱动桥是整个传动装置中的最后一个总成,它由主减速器(主传动)、差速器、半轴、轮边减速器和驱动桥壳等组成。驱动桥的主要功能是将动力传递给驱动轮,通过主减速器和轮边减速器进一步增大传给驱动轮的驱动力矩,通过主减速器改变动力传递方向,并通过差速器自动调节左、右驱动轮的转速差。桥壳起支承载荷和传力作用。

1)主减速器

主减速器位于驱动桥内,它的作用是降低转速以增大牵引力,并回转 90°方向将扭矩传递给半轴。

2)轮边减速器

轮边减速器的作用,是在主减速器的基础上,进一步增大传给驱动轮的扭矩。它也是一级减速机构,相当于把双级主减速器中的一级装置到驱动轮轮毂内,以减小主减速器的变速尺寸,同时大大降低差速器和半轴等零件的负荷。

3）差速器

车辆转弯时，要求左、右驱动轮在同一时间内要在地面上滚过不同的距离。因为同一时间内，外侧车轮要比内侧车轮滚过更长的距离，为使两侧车轮在转弯时能保持纯滚动，则应使两侧车轮有不同的转速，即要求外侧车轮的转速应比内侧车轮的转速高。这就要求内、外侧车轮有转速差，且这种转速差应能随转弯半径的不同而变化。

差速器的功用，就是自动调节左右驱动轮的转速差，左右驱动轮均独自与半轴相连，确保两侧半轴可以有不同的转速，以保证左右驱动轮在运行中达到或接近纯滚动。

差速器由四个行星齿轮，两个半轴齿轮，一个十字轴和左、右差速器外壳等主要零件组成，如图 2－23 所示。

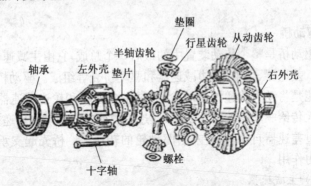

图 2－23　差速器构造图

4）半轴和半轴支承

半轴的作用是把扭矩从差速器传递给驱动车轮。

半轴主要承受扭转载荷，使用中由于扭转疲劳破坏和冲击载荷而容易损坏，因而对其强度、刚度和使用材料要求较高。半轴的内端制有花键头，其上装有差速器的半轴齿轮。半轴的外端一般制成圆盘形凸缘，用螺栓与驱动轮轮毂相连，如图 2－24 所示。

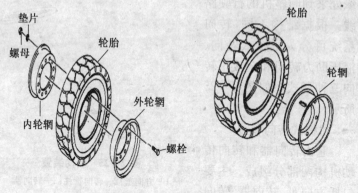

图 2-24 驱动轮

第三节 转向系统

转向系统的主要作用是改变车辆的行驶方向和保持车辆直线行驶。对于叉车等工程车辆经常要以最小转弯半径转弯,因此要求转向装置操纵轻便灵活,工作安全可靠。转向桥是承担叉车后部重量的部件,承受行驶时道路对叉车后轮的各种作用力和力矩,并且吸收振动和冲击,以保证车辆的正常行驶。

转向系统的作用是改变车辆的行驶方向,保持车辆直线行驶。

对于叉车、装载机等工业车辆,一般均要求用后轮转向。这一方面是因为前轮负重大,如果前轮转向,则转向阻力矩大,操作重,且转向轮可能会与工作装置相互干扰;另一方面,后轮转向的最小转弯半径比前轮转向的最小转弯半径要小,故机动性好。但后轮转向时,后外轮的转弯半径大于前外轮的转弯半径,这样驾驶员就不能以前外轮是否有障碍物相碰来判断整机的行驶路线。因前外轮能避过的障碍,后外轮就不一定能避过。但如果工作装置最外缘的转弯半径与后外轮的转弯半径相近,则可用工作装置的最外缘处来判断整机的行驶路线。根据结构不同，转向系统可分为机械式转向、液压助力转向和全液压转向三种形式。如图 2 - 25 所示。

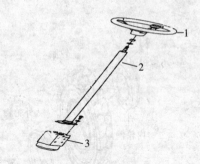

图 2 - 25　转向装置

1—方向盘；2—转向管柱；3—转向器

一、机械式转向装置

它由转向器和转向传动机构两部分组成。主要包括方向盘、转向器、转向管柱、转向轴、蜗杆、齿扇等机件组成。

转向时，驾驶员转动方向盘，经蜗杆齿扇副的传动，使垂臂摆动，带动纵拉杆纵向移动，使左转向节（转向轮装在转向节上）绕主销转动，左车轮偏转，同时，左梯形臂带动横拉杆横向移动，从而带动右梯形臂，使右转向节绕其主销转动，右车轮偏转。

转向器的种类很多，叉车上使用的大多数为球面蜗杆滚轮式。

二、液压助力转向装置

液压助力转向装置与机械转向装置的主要区别是：在纵拉杆上装有一个液压转向助力器，助力器活塞杆与车架铰接，油缸的一端与纵拉杆相连。由于转向摇臂与转向桥铰接，它受纵拉杆推动而绕铰接点摆动，从而带动左右横拉杆和左右转向节摆动，使车轮偏转。

三、全液压转向装置

在全液压转向装置中，从转向器开始至梯形机构之间完全用液压传动代替了机械传动。常用的摆线转阀式全液压转向器由控制阀和摆线油马达组成，两者装在一个阀体内，并通过配油盘连通两者内部的液压油道。转向油缸的缸体与车架铰接。转向摇臂（三联板）与转向桥铰接，摆动时，带动左右横拉杆和左右转向节摆动，使车轮偏转。

四、转向桥

叉车转向桥主要承受车辆后部重量,同时承受行驶时道路对叉车后轮的各种作用力和力矩,并且吸收振动和冲击,保证叉车正常行驶。转向桥由转向梁、悬挂装置、轮毂和轮胎等部件组成,如图2-26所示。

林德组合转向桥

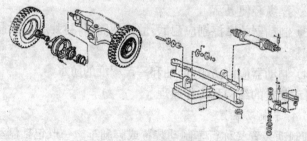

图2-26 转向桥

转向桥一般有拳形转向桥和叉形转向桥两种形式。

第四节 安全系统

一、制动装置的作用

制动装置是车辆的主要安全装置,它是控制车辆行驶运动的机构,用来降低车辆的行驶速度直至停车以及防止车辆在下坡时超过一定的速度和保证车辆在坡道上停放。

车辆设有两套独立的制动装置，即脚制动装置和手制动装置。脚制动装置的作用是使行驶中的车辆达到减速和停车的目的。手制动一般采用机械驱动，当脚制动装置失灵时可以紧急使用。

由于制动装置的重要作用，车辆的制动装置必须满足以下要求：

（1）具有足够的制动力和工作可靠性。根据叉车标准规定，在水平、干硬的路面上制动，叉车在基准无载状态以 20 km/h 车速行驶时，制动距离（从开始制动至完全停车）不大于 6 m；在基准满载状态以 10 km/h 车速行驶时，制动距离不大于 3 m。手制动应保证基准无载状态叉车的停放坡度不小于 20%（11°18′），基准满载状态叉车停放的坡度不小于 15%（8°32′）。修理后的叉车，其制动性能应调整到规定范围内。

（2）操纵轻便灵活。

（3）制动器的摩擦副应耐磨，散热性能好，衬片磨损后间隙应易于调整。

（4）制动器应能防尘、防油和一定程度的防水。

二、制动装置的结构和工作原理

1）行车制动装置

脚制动装置又称行车制动装置或脚刹车。一般包括制动器和制动驱动机构两部分。

制动装置是利用摩擦副吸收车辆运动质量的动能，以达到减速或停车的目的。被摩擦副吸收的动能转化为热能，扩散到大气中。

制动装置包括制动蹄、支承销、回位弹簧及制动鼓等零件。

制动驱动机构是将驾驶员施加于踏板上的力加以放大给制动装置使之产生制动作用。

制动驱动机构是由制动踏板、推杆、总泵、分泵和油管等组成。

制动时,驾驶员踏下制动踏板,通过推杆和总泵活塞,使总泵内的油液在一定压力下流入分泵,通过分泵活塞推动制动蹄使之压紧在制动鼓的内部表面上,这样制动蹄和制动鼓间产生摩擦力矩,使车轮转速降低或停止运动。

解除制动时,驾驶员松开制动踏板,总泵活塞在回位弹簧的作用下退回,油液回流,制动蹄回位,制动作用即停止。

目前车辆上一般采用摩擦式制动器,即依靠摩擦副之间的摩擦力矩直接使车轮制动。摩擦式制动器按其结构形式不同,可分为鼓式(蹄式)、盘式、带式三种。叉车广泛使用的是蹄式制动器,因为这种制动器具有散热性能好、密封容易,蹄片的刚度大、磨损较均匀、制动效能较高等优点。

2) 停车制动装置

停车制动装置又称手制动,用于车辆处于停车状态的制动,以防止车辆自行滑溜。停车制动装置只允许在停车后使用,行车过程中的制动只允许用行车制动装置,不允许在行车过程中用手制动,以免损坏停车制动装置。

停车制动装置由停车制动器及其传动机构两大部分组成。它的传动机构一般采用手操纵的机械式传动机构。

手制动传动机构主要包括手制动杆、齿扇、传动杆和拉臂等机件。

制动时,将手制动杆拉动,通过传动杆带动拉臂摆动,交接互为支点,使两个制动蹄臂互相靠拢,带动两制动蹄将制动盘夹紧而达到制动。此时棘爪嵌入相应的棘齿中,即将车辆锁住在停车位置。

解除制动时,将手制动杆松开,使棘爪与棘齿稍有松脱,两个制动蹄臂在弹簧的作用下退回原点,制动蹄跟随退回原点与制动盘脱离接触,解除制动。

制动蹄与制动盘之间应保持适当的间隙,可用调整螺母来调整。螺母拧紧,间隙减小,拧松则增大。调整螺钉则用来调整制动蹄端面与制动盘端面之间的平行度,使上下间隙均匀一致。

三、两种常用制动装置

1) 液压式制动装置

液压式制动驱动机构的工作原理是:当驾驶员踩下制动踏板,总泵活塞压缩制动总泵的油液,使其油压升高。压力油经油管进入两分泵,推动分泵活塞,使制动蹄张开而起制动作用。很明显,使制动器制动蹄张开的驱动力的大小,取决于驾驶员对踏板的作用力、踏板的杠杆比和总泵活塞与分泵活塞直径之比。传动比越大,则为得到同样大小的制动力矩,驾驶员所施加的踏板力就越小,而踏板的行程要大,否则操作不方便。故恰当的传动比应能保证合适的踏板行程和踏板力。踏板的最大行程一般不超过180 mm;最大的踏板力一般不超过 780 N。

(1) 制动总泵:制动总泵又称制动主缸。总泵上部为贮油室,下部为工作腔。贮油室的顶部装有螺塞,其上制有通气孔和挡片。制动液从螺塞孔加入,其油面一般保持在距加油口 15~20 mm 处。

不制动时,在活塞回位弹簧的作用下,活塞停在最左端的位置。

制动时,踩下制动踏板,使推杆推动活塞和皮碗右移,右工作腔的油液被压缩,油压升高,压力油推开出油阀进入油管和分泵,活塞继续右移,将制动液不断压到分泵,并提高油液的压力,分泵的活塞推动制动蹄张开与制动鼓接触,车轮被制动。

解除制动时,松开踏板,此时踏板、总泵活塞、制动蹄在各自回位弹簧的作用下回位,分泵和管路内的压力油推开回油阀流回总泵。当迅速放开制动踏板时,活塞迅速左移。

当遇到紧急情况,或因液压系统中存在空气,或因制动蹄与制动鼓之间间隙过大而感到一次制动不足时,可迅速放开踏板,并随即重新踩下踏板,反复一两次或多次,使分泵内油液增多,即可增强制动效果。

（2）踏板自由行程：不制动时，总泵内推杆球头与活塞的球座留有一定的间隙；制动时，必须消除这一间隙总泵才能供油，也就是说制动踏板需要无效地移动一段距离，这段距离称为制动踏板的自由行程。

踏板自由行程太小，则解除制动不彻底；太大，则制动不及时，且由于工作行程缩短而导致制动效果变差。

叉车的自由行程都不是绝对一样的，如果自由行程不符合标准，则可拧动调整螺母，以改变推杆的长度来改变推动杆球头与活塞内腔球座之间的间隙。

（3）制动分泵：制动分泵俗称制动轮缸，起到使制动蹄张开的作用。制动时，来自总泵的压力油，经油管进油孔进入内腔，推动两个活塞向外移动，使制动蹄张开，与制动鼓接触，以实现制动。

解除制动时，制动踏板松开，总泵和管路油压下降，在制动蹄回位弹簧的作用下，制动蹄合拢，带动分泵活塞回位，将制动液压回总泵。

2）气压式制动装置

气压式制动装置一般由空气压缩机、气压表、贮气筒、制动阀、制动气室、制动臂和制动鼓、制动踏板等组成。

制动时，踏下制动踏板，经拉杆拉动制动阀臂，阀臂压下挺杆及稳定弹簧，使阀膜下拱，压下气阀摇臂，摇臂再压下进、排气阀。这时，由于进气阀弹簧的弹力比排气压阀弹簧强，故先压闭排气阀，切断与大气的通路，再将进气阀压开，贮气筒内高压空气经制动阀流入各制动气室，起制动作用。

当解除制动，放松制动踏板时，拉杆及制动阀臂回位，阀膜及气阀摇臂失去对进排气阀的压力，在气阀弹簧的作用下，进气阀先闭，排气阀后开，制动气室中的高压空气便经排气阀冲入大气，制动气室在回位弹簧作用下回位，制动即消除。

第五节　工作装置

　　叉车的工作装置是直接承受货物的重量,完成货物的叉取卸放、升降堆垛等装卸作业的结构。叉车的工作装置是叉车所独有的装置,是叉车最重要的组成部分之一。下面主要介绍平衡重式叉车的工作装置。组成叉车工作装置的主要部分如图 2-27 所示,包括货叉、滑架(又称叉架)、内外门架、链条和滚轮。叉车货叉的升降和门架前后倾斜均由液压油缸来驱动。

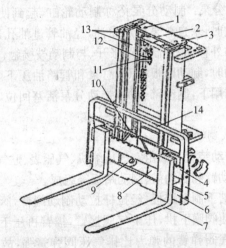

图 2-27　叉车的工作装置

1—导向杆;2—柱塞头顶板;3—内门架上横梁;4—滑架
上横梁;5—挡货架;6—滑架下横梁;7—货叉;8—滑架竖板;
9—滑架滚轮支架;10—滑架滚轮;11—链条支架;12—起升油
缸;13—内外门架;14—滑架

　　滑架是一个框架形结构。链条的一端与滑架相连,链条绕过起升油缸头部的滑轮后,另一端固定在缸筒或外门架上。起升油缸通过滑轮和链条,使滑架沿着内门架升降,内门架又以外门架为导轨上下运动。外门架的下部铰接在车架或前桥上,门架可以在前后方向倾斜一定角度。

门架前倾是为了装卸货物方便,后倾的目的是当叉车行驶时,使货叉上的货物保持稳定,重心后移防止下滑。

一、门架

两节门架是叉车门架的最基本形式,它由内、外门架组成。内、外门架各有两根立柱,立柱是门架承载的主要构件,又是叉架或内门架作升降运动的导轨。左右立柱之间联以横梁,形成各种封闭形状的框架,外门架立柱大都为槽形截面。根据内外门架排列形式不同,叉车门架又分为滑动式和滚动式两大类。

1) 无自由起升两节门架

无自由起升两节门架由内外门架组成,起升油缸的缸筒固定在外门架的下横梁上,柱塞头与内门架上的横梁相连。无自由起升的两节门架装置中,柱塞行程、内门架行程和滑架沿内门架移动的距离三者相等,它们都等于货叉最大起升高度的一半。货叉起升速度是柱塞起升速度的两倍,当起升油缸工作时,叉架和内门架就同时起升。当柱塞全部伸出时,内门架起升到头,叉架也到达内门架的顶端。

2) 部分自由起升两节门架

部分自由起升两节门架的结构与无自由起升的两节门架基本相同,其区别在于起升油缸的柱塞(活塞杆头)全部缩进后,柱塞头与门架上横梁之间存在一段距离,如图 2-28 所示。图 2-28(a)自由起升开始;图 2-28(b)自由起升结束,柱塞头与内门架上横梁接触,并开始一起上升;图 2-28(c)滑架顶边与内门架上横梁接触,并带动内门架一起上升,开始与杆塞头脱离;图 2-28(d)滑架带动内门架上升到最大高度位置。

在柱塞起升 S 段的过程中,内门架不升高,而货叉起升高度为 $2S$,即是自由起升高度。由于这一段起升高度只占货叉的总起

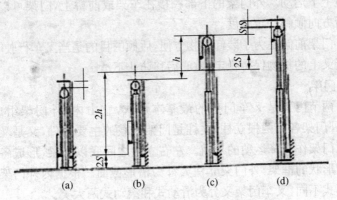

图 2-28　部分自由起升门架的起升过程

升高度的一部分,故称为部分自由起升。

部分自由起升高度 2S 是为了适应叉车行驶的需要。在行驶时,货叉虽离开地面 2S 的高度,但内门架未伸出,只要库门净空不低于门架的高度,叉车就能通过。而无自由起升门架,货叉要离地 2S,则内门架就必须升高 S,对低净空的通过能力较差。

3) 全自由起升两节门架

全自由起升两节门架的结构与上述两种不同之处在于采用了两级或多级起升油缸。这种装置在结构上比上述两种复杂,在作业时,当滑架沿着内门架移动全部行程时,内门架静止不动,叉车总高度不变,因此称为全自由起升。叉架沿内门架移动的全部行程,就是货叉的全自由起升高度,如图 2-29 所示。

4) 三节门架

三节门架是适应高空作业的需要。在由三节门架组成的工作装置中,外门架和车架连接,中间门架和内门架都可以上下伸缩。三节门架装置也有部分自由起升和全自由起升两种。

二、货叉

货叉是叉车工作装置中最基本和最常用的属具。货叉是直接

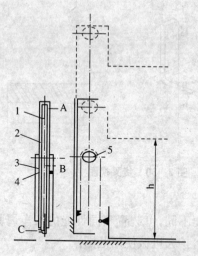

图 2 - 29   全自由起升两节门架示意图

1—柱塞杆；2—空心活塞杆；3—外缸筒；4—活塞；5—起升滑轮

承受载荷的叉形构件。叉车装有两个形状相同大小相等的货叉，货叉装在滑架上，货叉间距离可根据作业需要而调整，包括水平段和垂直段两个部分。垂直段上端有圆槽，套在滑架的水平横轴上，货叉可以在横轴上左右移动，利用定位销插进横轴上的凹孔中，避免货叉在横轴上任意移动。

叉车在作业时货叉主要承受两个力的作用：一是拉伸力，二是弯曲力。其危险截面在垂直段下部靠近转弯处，如图 2 - 30 所示。因此货叉不能超载作业，不能拨取货物。货叉的变形不能太大，否则会造成作业时的不安全。

1）叉架（滑架）和链条

叉架的作用是装置货叉或装置其他属具，并带动货物一起升降。

链条是支承叉架和货物重量并带动叉架运动的重要受力挠性件。

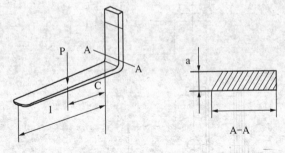

图 2 - 30   货叉视图

2）叉车属具

叉车根据作业需要不同,可装置不同性能的叉车属具代替货叉,即可实现一机多能,扩大机械使用范围。

叉车属具种类很多,详见第一章。

第六节   液压传动系统

液压传动装置是利用液体来传递能量的一种工作装置。

液压传动装置是一种能量转换的装置,它通过机械动力驱动液压泵转变为油液的压力能,该压力能经管路输送给液压换能器（油马达及工作油缸）,油液的压力能又转变成机械能而驱动负载做所需的运动。

这种以油液压力作为媒介传递动力的装置,其压力油液的流动可借助于各种阀类加以控制,来任意地控制负载的运动方向,如图 2 - 31所示。

一、液压传动系统的特点

（1）可借助油管向任意位置传递动力（信号）。皮带与齿轮等机械传动方法,在传输距离和方向上多半受到限制,而液压传动却不会受到任何限制。

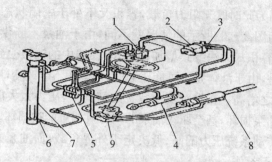

图 2‑31　液压传动系统结构图

1—油箱；2—油泵；3—去全液压方向机油路；4—倾斜油
缸；5—方向阀；6—限速阀；7—起升油缸；8—转向油缸；
9—全液压方向机

　　（2）借助控制压力油液的流动，可以任意地控制负载的运动
方向。

　　（3）借助于液压传动系统的溢流阀、安全阀等阀类，易于实现
机械设备、车辆、工程机械等过载保护，有利于安全生产。

　　（4）由于采用了高压油泵和液压换能器（油马达及工作油
缸），使小型大功率的传递成为可能。

　　（5）由于油液具有弹性而能吸收冲击，虽然负载有冲击，但它
不致传及输入端。

　　（6）调节换向方便，传动平稳，并能实现无级变速。

二、液压传动的工作原理概述

　　液压传动是借助于处在密闭容器内的液体的压力来传递能量
或动力。液体虽没有固定的几何形状，但有几乎不变的容积，因
此，当它被容纳于密闭的容器中时，就可以将压力由一处传递到另
一处。当高压液体在几何容器内被迫移动时，它就能传递机械能。
这里必须指出的是：在研究液压传动技术时，事实上应该认为整个
液压传动系统也是一个密闭容器，否则就不可能实现液压传动。

　　油泵不输出液体时，若不计算管道的阻力，则油泵输出的压力

$P_泵=0$，因为此时既无阻力负载，容积又不处于密闭状态（油流回油箱）。而图 2-32 所示的情况就不同，由于油泵不断供油，而油缸左腔的容积却无法继续增加，使密闭容器中的油液受到急剧的压缩，但是，由于液体是不可能压缩的，即体积不会改变，所以系统的压力随之增高。在没有安全装置的情况下，压力太大能引起油管爆破，油泵损坏，甚至驱动油泵的动力机构可能被损坏。由此可见，液压传动系统压力的高、低决定于外界负载，而油泵必须在额定的压力下工作。

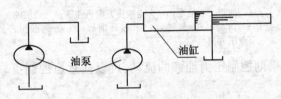

图 2-32　液压传动原理图

　　任何液压传动系统都是在这种通过密闭容器内的受压液体流动来传递机械能的基础上实现的。

三、液压传动系统的组成

　　液压传动系统的组成按一般车辆、机械的传动，可以归纳为四个主要部分组成。

　　（1）动力部分：即油泵，将机械能转换为液体的压力能。

　　（2）执行部分：包括油缸、油马达，将液体的压力能转换为机械能，驱动工作装置运动。

　　（3）控制部分：包括各种压力、方向、流量的控制阀。如用来控制和调节液压系统压力阀类（溢流阀、减压阀、安全阀等），控制流量的阀（节流阀、限速阀等），控制油流方向（换向阀）等，以满足液压系统各工作机构的动作和性能的要求。

　　（4）辅助部分：包括油箱、油管、滤油器、压力表及各种连接装置等，主要是将前三个部分连成一个系统，起连接、贮油、过滤、测量等作用。

四、液压传动系统的主要元件

（1）油泵：目前在车辆、工程机械、机床上常用的油泵有：叶片泵、齿轮泵、柱塞泵、螺杆泵等。油泵是液压传动系统中将原动力机械所输出的机械能（扭矩、转速）转换为液体的压力能的一种能量转换装置。在液压系统中，油泵作为动力源向系统提供所需的压力油。

（2）工作油缸：液压传动系统中的各种工作油缸是执行部分，是将液体的压力能转化为机械能的能量转换装置，用来驱动工作机构的运动（往复运动和旋转运动）。油缸可分为单作用式和双作用式两种。单作用式油缸一般为柱塞式，双作用式油缸必须是活塞式。

（3）起升油缸：货叉的起升由起升油缸来实现。叉车起升油缸的位置处于垂直或近似垂直状态，因此叉车的起升油缸采用单作用柱塞式液压油缸来实现货叉的升降。这种油缸当油泵向它输入高压油时，货叉举升，若油泵停止供油并通过换向阀将油缸进油口直接与油箱沟通时，在货叉架、货物、门架、柱塞等本身的自重作用下，货叉下降，油缸内的油液被压回油箱。

（4）液压马达（油马达）：如前所述，油泵是液压传动系统中将电动机（或其他动力装置）所输出的机械能（扭矩、转速）转换为液压能（压力、流量）的能量转换装置。油泵作为动力源，向液压系统提供所需的压力油。

油马达是将液压能转换为机械能的能量转换装置。它与前面所述的油缸统称为液动机。不同之处在于油马达输出的是扭矩和转速，而油缸输出的一般是力和速度。

油泵和油马达，从原理上讲，它们是可逆的。当发动机或电动机带动其转动时，即为油泵，输出液压能；反之，当向其通入压力时，即为油马达，输出机械能（扭矩和转速）。

(5) 控制和调节装置：液压传动系统中控制和调节装置的作用是：控制液流方向、流量和压力等，以保证叉车、工程机械的工作装置在作业时需要的运动方向、运动速度和驱动力等主要的技术性能，并使之能平稳协调地工作。这些装置主要包括换向阀类、节流阀类、溢流阀类(安全阀类)以及几种不同阀的组合。

① 换向阀(方向控制阀类)：换向阀在液压传动系统中称为方向控制阀类，用它控制液压系统中工作油液的流动方向。叉车、装载机等工程机械在作业中要经常改变货叉、门架、铲斗以及其他属具的运动方向，因此一般广泛采用滑阀式的换向阀来改变液体的流动方向，从而使这些工作装置根据作业需要而改变运动方向。

② 溢流阀(压力控制阀类)：一个液压系统总是为了满足一定的动力和运动的要求。在油缸尺寸一定的条件下，油缸活塞推力的大小，就取决于进入工作油缸内油压力的大小，因此，必须根据系统需要的工作压力来调节油泵的供油压力。

溢流阀的作用就是为了防止液压系统中油压过高而损坏机件及系统其他液压元件而设置的一种安全保护装置。溢流阀根据液压系统的工作需要，设有两种用途：当起限压作用时作安全阀用；当起定压作用时作溢流阀用。

作安全阀用时，阀门常关，只有当系统压力超过安全阀调定压力时才打开阀门；作溢流阀用时，阀门常开，使系统某一部分的压力一直保持在溢流阀调定的压力范围内工作。

③ 节流阀(流量控制阀类)：节流阀在液压传动系统中用于调节流量，以控制执行元件的运动速度。节流阀种类较多，按其作用不同可分为可调节流阀、固定节流阀、单向节流阀等。

在叉车起升油缸的油路中，为控制货叉的下降速度，在起升油缸的进油口装置一只限速阀(单向节流阀)，其作用是万一液压管路系统或进入起升油缸油管爆裂的情况下，使货叉下降速度得到控制,可以防止事故发生。

（6）辅助装置：液压传动系统中的辅助装置包括：油箱、油管、管接头、滤油器等,没有这些辅助装置就不可能组成一个液压传动系统。辅助装置起到了油液贮存、管路连接、油液滤清等作用,因此也是重要的组成部分,它的好坏会影响液压系统能否正常工作。

五、林德静压传动系统

整体式的林德静压传动系统由一个柱塞式变量泵和两定量马达组成,柱塞式变量泵和发动机连接输出流量和方向均可变化的高压油流到两个驱动轮相连的柱塞式马达,由这两个液压马达驱动车轮。该系统的所有部件和油路全封闭在整体式的铸缸中,工作时产生的高压油膜使得这个系统几乎没有机械磨损,异常坚固可靠。

林德静压传动系统的应用使得叉车的操作控制非常简单高效,无需换挡,无需人工踩油门,自动制动功能和精确的爬坡微动功能。同时该系统没有离合器、变速器、差速器,也没有制动产生的磨损,传动效率高达85%,维护成本也大大降低,如图2-33所示。

图2-33 林德静压传动装置

第七节 叉车轮胎

一、叉车轮胎的结构

1) 轮胎的类型和构造

轮胎是车辆运行必不可少的部件,轮胎性能的好坏直接影响叉车的稳定性与安全操作。叉车使用的轮胎一般有充气轮胎、钢圈压配式轮胎和压配式聚氨酯轮胎,轮胎的结构如图2-34、图2-35所示。轮胎的颜色一般为黑色,也有白色和环保型轮胎。

（a）钢圈压配式轮胎

（b）压配式聚氨酯轮胎

图2-34 叉车常用轮胎

高耐磨低升热面层
高强尼龙胎体帘线
均匀内衬层

（a）充气轮胎

极高的耐磨胶胎胶层
高弹性缓冲胶层
超高硬度基部胶层
高强度加强钢丝网

（b）实心轮胎

图2-35 轮胎的结构

2）轮胎花纹

（1）纵向花纹轮胎：纵向花纹轮胎有优异的防侧滑性能和转向性以及极低的滚动阻力系数，行驶速度快，一般用于导向轮和驱动轮。

（2）横向花纹轮胎：横向花纹轮胎具有极强的抓着性，自洁性好，适用于一般路面。

（3）横、纵向结合花纹轮胎：具有良好的抓着性和防侧滑性。大块花纹面积，更可增强运行平稳性和抗撕裂性，适合多种路面。

（4）横纵向结合花纹轮胎：以纵向花纹贯穿轮胎表面，亦叫越野轮胎。它比一般轮胎滚动阻力更低，适用于特种车辆。

二、轮胎使用常识

（1）轮胎应按现行国家标准中所规定的"气压负荷对应表"的规定气压充气。轮胎气压负荷对应表如表 3-1 所示。

表 3-1　国产前进轮胎气压负荷对应表（ob-501 型轮胎，参考）

轮胎规格（mm）	层级 PR	标准规格	充气外缘尺寸（mm）		充气压力（kPa）	不同最高速度下的最大负荷量（kg）			
			断面宽 ±3.5%	外直径 ±1.0%		15 km/h		25 km/h	
						驱动轮	转向轮	驱动轮	转向轮
600×9	10 12	4.00E	160	540	850 1 000	1 455 1 600	1 120 1 230	1 320 1 450	1 015 1 115
650×10	10 12	5.00F	175	590	775 900	1 655 1 820	1 275 1 400	1 500 1 650	1 155 1 270
700×12	12 14	5.00S	190	676	850 900	2 275 2 340	1 750 1 800	2 060 2 120	1 585 1 630
825×15	12 14	6.5	235	840	700 800	3 315 3 590	2 550 2 760	3 000 3 250	2 305 2 500

（2）轮胎充气后应检查轮胎是否漏气。

（3）轮胎在使用中必须保证内压正常，长时间运行或作业时，应定时检查轮胎气压。

（4）轮胎气压偏高，轮胎易磨冠、冠爆；气压偏低，轮胎易变形、碾坏。

（5）轮胎安装充气时，两轮胎的充气压力要一致。

（6）更换轮胎时，力求同一轴上安装同一厂牌、规格、层级、花纹的轮胎。不允许斜交轮胎与午线结构轮胎混合装配。

（7）定向花纹轮胎安装时，应注意胎侧箭头标识上所指示的旋转方向。

第八节　电瓶叉车的基本结构

电瓶叉车具有清洁、安静和车身小三大特点，其回转半径小、作业效率高，对环境无污染，被广泛应用于各工矿企业，电瓶叉车具有结构简单，操作轻松方便，安全可靠等优点。

一般电瓶叉车主要由 6 个部分组成：前桥、转向桥、制动装置、液压传动装置、电气控制设备及门架工作装置等，如图 2 - 36 所示。

一、驱动及传动部分

电瓶叉车的驱动部分由直流电动机和蓄电池组组成。传动部分由减速器、差速器或液压泵、油马达和车身前后轮组成。

二、制动装置

电瓶叉车的制动装置有机械式制动和液压式制动两种。机械式制动一般为机械抱闸刹车系统，装在行驶电机轴的尾部，由刹车盘和绞接在电动机盖上的刹车闸组成。制动行驶电动机尾部的刹车盘上的制动方式的最大缺点是一旦发生减速器轴断裂，刹车就不起制动作用。所以，在制动时不能猛刹，以防减速器轴由于制动

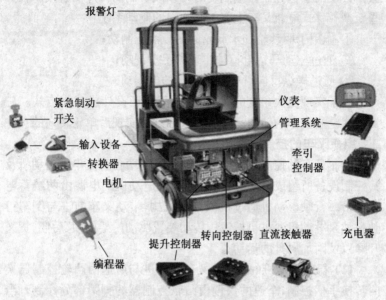

图 2-36 电瓶叉车结构

力过大而发生断裂。

液压式脚制动装置与内燃叉车装置制动原理和结构相同,不再赘述。目前,电瓶叉车上使用的多为液压式脚制动装置。

电瓶叉车脚制动装置由电控控制运作,设有限位开关、鼓形控制器、接触器等。机械式制动器与限位接触器联锁,当踏下脚踏板时,制动器松开,限位开关触点闭合;松开踏板时,制动器闭合,限位开关触点断开。车辆起步时,控制器必须放在零位,以保证车辆以最慢速度起步。踩下踏板后,接触器动作,然后才可将控制器从 0→Ⅰ→Ⅱ→Ⅲ挡速度逐渐上升,所以正面(前进)和反向(后退)行车都有三挡速度变速。电瓶叉车的制动,在正常的行车状态制动是靠改变行驶方向来实现的(反向电流流动)。驱动桥上装有两只机械式制动器,制动衬片易于检查和更换。停车用的手制动器由

操作方便的手柄控制。电制动时可以减少制动衬片的磨损。在一些新型前移式电瓶叉车上有三套独立的制动系统:

① 作用于驱动轮和承载轮的踏板液压制动;

② 通过驱动马达电枢轴实现的手动制动;

③ 通过操纵反向行驶踏板实现的电制动。

为了实现更大角度的转向,电瓶叉车还设计成三支点式。三支点式电瓶叉车的转向是采用齿条油缸来实现后单轮转向的。

三、电瓶叉车的控制电路

电瓶叉车的控制电路电力拖动系统由两台直流串激电动机及其控制设备所组成,行驶电动机和油泵电动机的电源由两组蓄电池供给。行驶电动机通过机械传动机构,带动叉车前进与倒车行驶。油泵电动机通过机械液压传动装置驱动门架前倾、后倾,货叉升降以及附加属具的运动。

(1)行驶电动机的控制:叉车的前进与后退由凸轮控制器换向转换手柄控制,车速的快慢由凸轮控制器的脚踏部分控制。当两组电池并联时,叉车低速行驶;两组电池串联时,叉车高速行驶。电阻作为低速与高速行驶的调速之用,电池的串联、并联由控制器自动换接。

(2)油泵电动机的控制:油泵电动机是由接触器及微动开关控制的。操作时只要按照要求前推或后拉方向阀的操纵手柄,使连杆触动微动开关就可以操纵油泵电动机工作。

(3)电路中的保护装置:电路中除了具有熔断器作短路保护外,还有脚踏机械制动装置。当微动开关断开,切断电动机控制电路,叉车就能迅速停车。此外,在凸轮控制器的结构中,还另有一个机构联锁装置,使其脚踏控制保证要在手柄控制已经动作后才能踏动,否则手柄控制触点间就会产生较大的电弧造成损害。

电瓶叉车控制电路在使用中必须注意以下几点:

① 在一般情况下,不能将行驶电动机及油泵电动机同时工作,否

则将会使蓄电池因放电电流过大降低效率,影响蓄电池使用寿命。

② 控制器由第一挡转变为第二挡时,换挡不能太快,否则接触电器不能及时吸合,叉车无法启动。为保证叉车平稳启动,应在慢速启动。

③ 在变换前进、后退方向时,应在停车后进行。若在快速行驶时突然变换方向,将增加电流损耗,同时造成电动机电刷磨损,增加电动机运转负荷,大大影响电动机使用寿命。

第三章 叉车的维护保养

第一节 叉车的保养

叉车在作业过程中,由于内部机构的运动摩擦和外界各种条件的影响,叉车各零部件必然逐渐产生不同程度的磨损和机构损伤,如不及时调整保养,叉车机件就会早期磨损,甚至造成严重的损坏。叉车的技术保养是强制性的,故叉车应按规定进行技术性保养。

一、日常保养技术要求

叉车的日常保养是各级保养的基础,属于预防性的日常维护作业,主要是在发动前、工作中、停车后以清洁、润滑、检查和个别调试为中心内容,该作业由作业人员单独完成。

叉车操作前检查表如表 3-1 所示。

1) 发动机系统保养

(1) 确保四清(机油、空气、燃油滤清器、蓄电池清洁),四不漏(油、水、电、气不漏),附件齐全,螺栓、螺母不缺、不松。

(2) 检查曲轴箱机油量,不足时添加至规定油量。

(3) 检查柴油发动机喷油泵凸轮室机油平面。

(4) 检查冷却箱冷却水平面,冬季 0℃ 以下地区停机后,冷却水应全部放尽,作业前加入 80℃ 以上的温水,或换用规定的防冻液。

(5) 检查风扇皮带松紧是否合适。

表 3-1 叉车操作前检查表

部　　门＿＿＿＿＿＿
叉车型号＿＿＿＿＿＿
车体编号＿＿＿＿＿＿

安全管理员	课长	作业长	责任驾驶员

	检查项目	1二	2三	3四	4五	5六	……	30三
1	故障是否修理完毕							
2	喇叭、倒车蜂鸣器有无声响							
3	各处灯光亮不亮							
4	转向灯是否动作							
5	方向盘的游隙是否太大							
6	轮胎有无损伤							
7	制动是否起作用							
8	油缸、各配管结合部是否漏油							
9	货叉的上升、下降、前后倾是否正常							
10	有无异常声音和车体震动							
＊11	电解液液量是否符合规定							
＊12	升降链的张力							
＊13	底板和护顶架有无损伤							
＊14	各部分的供油状态							
15	前移系统动作是否正常							
＊16	轮毂螺母有无松动							
17	轮胎的空气压有无下降							
18	泊车制动是否有效							
＊19	轮毂螺母有无松动							

注：1. 有异常情况必须向上级报告；
　　2. 处理完毕后(包括调整、修理)一定要在表格中填入记号。

（6）检查燃油箱油量。

（7）检查油路、水管、气管等有无松动现象。

（8）检查蓄电池电解液液面及通气孔是否畅通。

（9）检查蓄电池、发电机、启动机、分电器、火花塞、调节器、点火线圈等电器设备上各接头的紧固情况。

2）工作装置保养

（1）检查门架、导轮、滑轮、螺栓、螺母是否松动，导轮与门架、导轨、导轮轴阀不应松动，无摇摆松动现象。

（2）检查链条松紧度是否一致、无异状，调整螺母是否松动，叉架是否歪斜。

（3）检查倾斜油缸、门架、货叉的铰接销是否窜位、松脱，开口销是否完整有效。

（4）检查货叉叉架和护顶架是否有裂纹、开焊及明显变形，货叉横向移动是否灵活，货叉与挂臂的夹角是否不大于 90°，两叉尖高低差是否大于 5 mm；两货叉长短差是否大于 10 mm；货叉的长度磨损是否大于 10%。

（5）检查门架、叉架起升和下降是否平稳，前、后倾斜是否扭动，货叉在任意高度下落是否卡滞。

3）传动系统及操纵系统保养

（1）检查离合器或变矩器、变速箱、驱动桥有无异常噪声，操纵是否灵活、平滑，挡位准确，离合器、踏板自由行程是否符合规定。

（2）检查制动总泵及制动液油量。制动总泵回油性能是否良好，制动液是否泄漏，制动液油面至回油口距离有无 15～20 mm。

（3）检查运行制动性能是否符合规定。在平整干硬路面，空车以 20 km/h 车速，制动距离不大于 6 m（拖痕 3 m），且无明显跑偏现象。

（4）检查停车制动性能，要求在叉车满载情况下，在 15% 爬坡度跑道上，停车无下滑。

4）机械转向系统保养

（1）检查方向盘自由转角向左右是否大于 30°。

（2）检查方向盘的轴向间隙是否大于 2 mm。

（3）检查转向是否平稳、轻松、工作可靠。

5）全液压转向系统保养

（1）检查转向器、转向缸、分流阀及管路各部位有无液体泄漏现象。

（2）检查转向力是否符合要求：方向盘操纵力不大于 30 N，且左右转向作用力相差不大于 10 N。

6）液压系统保养

（1）检查液压油箱油量是否符合要求，检查各液压元件有无漏油现象。

（2）检查液压油箱通气孔是否畅通，货叉在最低位置时，液压油油面距油箱上平面有无 50 mm。

（3）检查运转中工作油泵有无异常声响，多路阀操纵是否正常，是否可自动回位，安全阀作用是否可靠。

7）车轮保养

（1）检查轮毂和轮辋螺栓、螺母有无松动、缺少和损坏。

（2）检查轮胎气压是否在规定负荷气压范围内，充气压力不得过高或过低。

（3）检查轮胎外观，清除胎纹间的石子及杂物。

（4）检查车轮在运行中有无摇摆现象，作业后轮辋有无异常发热现象。

8）电气及仪表系统保养

检查各仪表、照明及音响装置是否齐全、完好、工作正常，仪表显示在规定范围内。

9）润滑保养

在检查以上内容后，清洁全车，并按规定在各润滑点加注润滑油。

二、一级技术保养

　　叉车的一级保养以检查各部件性能、调整间隙为主。一级技术保养一般在叉车工作 250～300 小时进行,由作业人员配合维修人员进行。除完成日常技术保养要求内容外,还应进行以下内容,并达到要求:

　　1)发动机系统保养

　　(1)检查空气滤清器并更换。

　　(2)检查燃油箱并清洁或更换燃油滤清器。

　　(3)清洁或更换机油滤清器。

　　(4)调整气门间隙。

　　(5)柴油发动机检查喷油泵的喷油提前角,汽油机检查点火正时。

　　(6)检查、清洗汽油泵及汽化器进油口滤网,并调整主量孔,柴油发动机清洗、检查输油泵及进油口滤网。

　　(7)检查油底壳中的机油并更换新机油。根据机油油污及粘度降低程度,大修后工作 60 小时第一次更换机油,以后每工作 250～300 小时定期更换一次机油,或根据使用说明书和实际使用环境情况周期性进行更换。

　　(8)紧固排气管、飞轮壳、飞轮与发动机及支架的螺栓、螺母。

　　(9)调整发动机怠速,使其稳定在 500±50 r/min 范围内。

　　(10)检查冷却系统,检查散热器及水泵管接头等有无渗漏,百叶窗的各级角度是否可靠、有效。在水泵轴承处加注润滑油。

　　(11)检查电解液密度和液面高度。

　　(12)拆检、清洁、润滑、调整分电器。

　　(13)检查发电机、启动机的电刷与整流换向器的接触情况,清除整流器上的炭粉及污物,并润滑轴承。

2）工作装置保养

（1）检查、调整门架导轮、叉架导轮、侧向导轮间的间隙。侧向导轮与门架的总间隙、门架与叉架的前后间隙按规定均不得大于 2 mm。

（2）检查导轮活动是否正常，轴承工作是否良好。

（3）检查链条有无断裂片，调整两链条松紧长度一致，调整螺杆、螺母不松动。

3）传动系统保养

检查驱动桥、变速箱传动是否平稳，有无异常噪声，各紧固件是否牢固，变速箱有无脱挡现象。驱动桥和变速箱内齿轮油或传动油是否符合规定，油量是否适当。

机械转向机构和全液压转向机构的保养按照日常技术保养要求进行。

4）离合器、制动器保养

（1）检查、调整离合器及操纵。离合器踏板的自由行程应在规定范围内，离合器操纵分离彻底、不打滑，分离轴承与分离杠杆端面间隙应在 3～4 mm。

（2）检查、调整制动器及操纵。离合器摩擦片与制动鼓间隙应达到规定值。脚制动踏板自由行程应在规定范围内。

5）液压系统保养

（1）检查工作油泵有无异常噪音、有无渗漏。

（2）检查多路阀工作是否正常，安全阀启闭是否良好，回油是否畅通。

（3）检查工作油缸是否运动自如，活塞杆是否拉伤。

（4）检查液压系统各元件状态，更换管接头部分损坏的密封件，检查液压油箱及液压油。

按以上内容检查、调整后进行全车清洗、润滑。

三、二级技术保养

叉车的二级保养以处理不良状态和调整间隙为主。首先应对叉车进行预检,记录各项不正常现象。二级保养一般在叉车工作500小时后进行,除完成一级保养的全部内容外,还应进行下列保养:

1) 发动机系统保养

(1) 检查活塞连杆机构。检查曲轴瓦、连杆瓦、连杆衬套的配合间隙,检查曲轴轴承、连杆轴承紧固情况,检查调整配气机构。检查气门、气门弹簧、气门导管、气门推杆、齿轮工作表面等配合面的磨损情况,检查气门的密封性,调整气门间隙。

(2) 清洗检查喷油器喷油压力,使其达到规定值。

(3) 调整并检查喷油泵的供油量,使其符合规定值。

(4) 清洗、调整汽油机汽化器,化油器上、中、下体结合处、省油阀门、真空省油柱塞等处如不严密时,应予以修复。

(5) 检查汽化器、阻风门开闭是否灵活。

(6) 检查调整浮子室油面,调整后应怠速运转正常。

(7) 清洗、检查机油泵,解体检查齿轮啮合间隙,齿面外圆及端面磨损情况。

(8) 检查水泵及节温器。拆洗水泵,更换水封和损坏轴承,节温器阀门开启温度一般为 68~72℃,阀门完全开启温度为80~85℃,阀门开启高度应符合规定(8~9 mm)。

(9) 按一级保养内容更换机油及滤清器,清洗冷却系统管道及冷却器内部。

其他部分检查按一级保养内容进行。

2) 离合器保养

(1) 检查离合器摩擦片,摩擦片不得有裂纹、破损、烧焦,铆钉埋入深度不得小于 0.5 mm,不应有油渍。

(2) 摩擦片压盘压紧弹簧自由长度不少于原长度 2 mm,弹簧倾斜不超过其外径的 1/10。

（3）离合器分离轴承应加注润滑油，发现磨损应更换。

（4）离合器压盘三个分离杠杆高度差不超过 0.3 mm。

（5）试车时，离合器接合要完全，分离要彻底，起步平稳，不发抖，无异响，满载起步不打滑。

3）工作装置保养

（1）拆检门架、叉架、导轮、链条并清洗。

（2）纵向和侧向导轮与导轨在工作行程内的最大间隙不得超过 2 mm；门架在全长内直线度不得超过 2 mm。圆度误差大于 1 mm 的导轮、侧向导轮、压轮及偏磨的导轮轴必须更换。

（3）链条两端连接销子间隙不得大于 0.5 mm。

（4）叉架横梁的弯曲变形不得超过 2 mm。

4）驱动桥与变速箱保养

开盖检视驱动桥和变速箱。检查齿轮和轴承磨损情况，更换齿轮油、传动油。齿轮、轴承中任一件磨损超过规定值应全部解体，进行更换、调整。

5）其他部件保养及润滑

（1）其他部件保养参照一级保养内容进行。

（2）对变形的车架、灯架、机器罩等部件恢复原形。

（3）对整车表面剥落或修理后部位补油漆。

（4）清洁全车并加注润滑油。

叉车保养计划表如表 3-2 所示。

四、技术保养后的试车要求

（1）试车前，全面检查油、水、电、轮胎气压及各操纵杆位置。

（2）内燃机启动后，检查怠速、温升、油压、加速性能及运转情况。

（3）空载试验离合器、脚制动、转向、提升、倾斜等装置的工作效能。

表 3-2　叉车保养计划表

序号	项 目	周 期(小时)						
		50	100	150	250	500	1 000	2 000
1	发动机机油	●			☆			
2	机油滤清器	●			☆			
3	燃油滤清器				●☆			
4	液压油							●☆
5	液压油滤芯						●☆	
6	变速箱油					●☆		
7	变速箱滤清器					●☆		
8	驱动桥油							●☆
9	空气滤清器(内)						●☆	
	空气滤清器(外)						●☆	
10	冷却系统清洗						●☆	
11	转向节注油脂				●☆			

备注:●:首次更换　☆:更换周期

　　1. 作业前检查车的所有油类及冷却水量,检查轮胎气压、制动装置、转向装置、工作装置是否正常;

　　2. 每工作 10 小时检查发动机机油量、冷却水和燃油量以及是否有泄漏现象,检查滤清器指示器的污染情况;

　　3. 每工作 100 小时检查制动装置有无故障点,及时调整制动系统;

　　4. 每工作 500 小时检查、调整皮带;

　　5. 每工作 1 000 小时检查传动轴松紧及磨损情况。

　　(4) 试车后,检查各部位泄漏情况,消除缺陷。

（5）进行满载试车。

五、技术保养后的验收要求

（1）预检时，记录的不正常现象应全部消除。

（2）各部件零件齐全，装配调整正确、适当。

（3）液压系统工作稳定、压力正常、无杂音、无泄漏。

（4）电气线路排列整齐，接线正确，外护套良好。

（5）整车内外清洁，各项性能参数基本上达到要求。

六、新车使用注意事项

（1）叉车在出厂前虽经过调试检测，但在运输过程中，各类零部件可能有意外损伤或松动，因此，对新车要进行擦洗，并按一般检查要求进行检查，一切正常后才可启动。

（2）由于发动机内部机件尚未走合，怠速可调整得略高一点（500～600 r/min）。发动机启动后，稍踏下加速踏板，在 600～800 r/min 转速情况下转动 2～3 分钟，再将转速提高至 1 500～2 000 r/min 运转 3～5 分钟，这样反复 3～4 次，然后将发动机稳定在 2 000 r/min 左右，加热发动机水温，使它迅速上升至 50～60℃，才能起步工作。

（3）冬季发动叉车，先要将 80～100℃热水加入冷却系统。当环境温度低于零下 5℃时，要将机油加热到 80℃左右时再加入油底壳。其余步骤可按正常操作要求进行。

（4）叉车在停车前，应逐步减少负荷及降低转速到 600 r/min 左右，使柴油发动机空载运转，直至出水温度在 70℃以下时，方可拉出熄火拉钮使柴油发动机停车。停车后将钥匙拨到零位后取出。

（5）冬季温度低于 5℃时，停车后应在水温低于 60℃以下时，打开散热器和发动机放水开关把水放尽，防止发动机机体被冻裂。

（6）在走合期内，负荷作业不能超过额定载重量的 2/3，起升高度不能超过 2.5 m，车速应经常保持在 10 km/h 以下。

（7）应避免经常性使用紧急制动，换挡必须先踩离合器，严禁将脚放在离合器踏板上运行。不允许半分离状态下换挡。

（8）起步、停车前均必须怠速运转 3～5 min。

（9）使用 25 小时后调换发动机润滑油和工作油各 1 次。

（10）新叉车各相对运动的零件表面，都存在不同程度的加工痕迹，因此必须经磨合期磨合，如不经磨合而强行使新车投入满载高速使用，就不能很好地建立润滑条件，造成配合运动的金属表面直接摩擦而引起早期磨损，将大大缩短使用寿命。新车走合期为 50 小时，走合期结束后，要将整车油、水放光并清洁后重新按规定进行保养，才可满载正常作业。

使用过程中应密切注意变速器、驱动桥、车轮轮毂、前轮制动鼓的温度，液压系统的发热、漏油及各部件是否有漏气、漏水、漏电现象，发现故障应及时找出原因并排除。

应在使用 10、30、50 小时后，对各部分的机件进行调整，并检查各处外露的连接件、紧固件的牢固程度。特别是前后轮胎螺丝，发动机气缸盖螺丝，气门间隙，左右支承侧板，内外门架，滑架，起重链，起升、倾斜油缸等机件是否正常。

大修车辆应按走合期要求进行。

第二节 叉车的技术性能 与型号表示方法

叉车是根据国家标准《工业企业厂内运输安全规程》（GB4387—84)和有关国际技术认证标准等有关规定、要求来设计生产。叉车的出厂必须有产品合格证及叉车制造编号，车辆上应装刻铭牌，铭牌应注明：制造厂家、车辆型号、发动机编号、车架号以及车辆主要技术性能参数、额定载重量、最大提升高度和出厂日期等。

一、叉车工作装置的技术要求

（1）门架不得变形，不能有焊缝脱焊现象，内外门架的滚动间隙不得小于 15 mm；滚轮及轴应无裂纹、缺损，车槽磨损量不得大于原尺寸的 10%。

（2）两根起重链条张紧度应均匀，不得扭曲变形，端部连接牢靠，链条的节距不得超出长度的 4%，链轮转动应灵活。

（3）货叉架不得有严重变形，货叉表面不得有裂纹，各部焊缝不得有脱焊现象，货叉转角不得大于 93°，厚度不得低于原尺寸的 90%；左右货叉尖的高度差不得超过货叉水平段长度的 3%；货叉定位销应可靠，货叉挂钩的支承面、定位面不得有明显的缺陷，货叉与货叉架的配合间隙不应过大，且移动平顺。

（4）升降油缸与门架连接部位应牢靠，倾斜油缸与门架、车架的铰接应牢靠、灵活。配合间隙不得过大，油缸应密封良好，无裂纹，工作平稳。在额定载荷下，倾角不大于 0.5°，满载时起升速度不低于标准值的一半。

二、液压控制系统的安全技术要求

（1）液压油管、接头无渗漏、无磨损。

（2）多路换向阀在超载 25% 时应能全升。

（3）变矩器正常工作温度为（90±10）℃，油温超过 100℃需停车冷却，变矩器挡压力为（12±1）kg。

三、叉车型号的表示方法

（1）国内叉车型号表示：目前，叉车型号的编制方法不一，如国内有机械部颁发的"JB"标准规定的型号，有铁道部部颁标准规定的型号。使用时参照厂家使用说明书。

JB817 规定的内燃平衡重式叉车的型号，按叉车的种类、燃料、起重量和传动方式来表示。

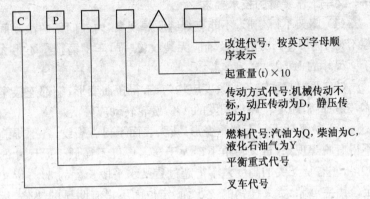

改进代号,按英文字母顺序表示

起重量(t)×10

传动方式代号:机械传动不标,动压传动为D,静压传动为J

燃料代号:汽油为Q,柴油为C,液化石油气为Y

平衡重式代号

叉车代号

例:杭州 CPC30 和 CPQD25,分别表示为杭州 3 t 机械柴油平衡重式叉车和液力 2.5 t 汽油平衡重式叉车。

（2）国外叉车型号表示:按叉车代号、动力形式代号、起重量、改进代号表示。

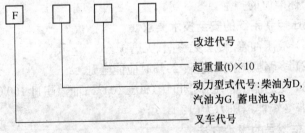

改进代号

起重量(t)×10

动力型式代号:柴油为D,汽油为G,蓄电池为B

叉车代号

例:丰田（TOYOTA）FD30,表示为丰田 3 t 柴油叉车。

第三节　叉车用油的选用

一、燃料的选用

（1）汽油牌号与汽油发动机压缩比的关系如表 3-3 所示。

表3-3　汽油牌号与汽油发动机压缩比的关系

	GB484—77		GB484—89		
	80号	85号	90号	93号	97号
马达法(MON)	80	85			
研究法(RON)			90	93	97
压　缩　比	7.0~8.0	8.0~8.9	7.0~8.0	8.0~8.9	8.9~9.7

（2）柴油牌号及其适用范围（GB252—8）如表3-4所示。

表3-4　柴油牌号及其适用范围

牌　号	凝　点	适用温度	使用地区和季节
10号	不高于10℃	15℃以上	适于夏季使用
0号	不高0℃	5℃以上	适于4~9月份使用
−10号	不高于−10℃	−8℃以上	适于冬季使用
−20号	不高于−20℃	−18℃以上	适于冬季和严冬使用
−35号	不高于−35℃		适于严寒冬季使用

二、机油的选用

（1）汽油发动机机油的选用可参考表3-5。

表3-5　汽油发动机机油的选用

标　号	选　用　参　考
6号	冬季和新出厂的车辆
6D	气温在−25℃左右的寒冷地区
10号	适用于严寒地区夏季及其他地区长期使用
15号	夏季磨损较严重的工程机械、大型装载工程机械
合成6号	气温在−35℃左右的严寒地区
稠化8号	气温在−30℃左右的严寒地区

(2) 柴油发动机机油的选用可参考表3-6。

表3-6　柴油发动机机油的选用

标　号	选用参考
8号	冬季
11号	夏季,黄河以南地区可全年使用
14号	在盛夏季节或气温高的地区
16号	夏季磨损较严重的车辆
20号	大型钻探、起重、挖掘的车辆
稠化11号	气温在-30℃左右的严寒地区
稠化14号	高速小型工程机械,可全年使用

三、齿轮油及其他系统用油的选用

(1) 齿轮油的选用可参考表3-7。

表3-7　齿轮油的选用

标　号	适用地区、季节	用　途
30号	长江以南地区, 全年使用; 长江以北地区, 夏季使用	适用于一般汽车、工程机械的齿轮传动装置
20号	冬季使用	
普通	全年使用	
28号	夏季使用	适用于具有双曲线齿轮和传动装置的汽车、工程机械
22号	冬季使用	
18号合成	严寒地区使用	适用于一般或具有双曲线齿轮传动装置的汽车、工程机械

（2）叉车其他系统用油可参考表 3-8。

表 3-8　叉车其他系统用油参考

油品名称	牌　　号	标准代号	选用参考
变矩器油	6号液力传动油	2/HG9-8-77	变矩器
液压油	YA-46(夏季) YA-N32(冬季)	SY1227-82	液压系统
制动液	1号醇型汽车制动液	ZBE39004-88	制动系统
润滑油	钙基润滑脂	GB491-87	

第四节　电瓶叉车的技术保养

一、日常性技术维护

日常维护,由驾驶员负责,在当班内进行。日常维护的内容及要求如下:

（1）清除车体等外露部分的油垢及积尘。

（2）检查和紧固各部位螺丝和开口销。

（3）检查电气线路各接点接触情况和紧固情况,擦拭打磨各接触点。

（4）按润滑指示表进行润滑。

（5）蓄电池的日常维护参照《蓄电池的维护和保养》。

（6）除应检查以上内容外,还应对电瓶叉车的电路进行检查,发现异常情况及时排除故障,严禁带病作业。

二、一级技术保养

电瓶叉车运行 500 小时,要进行一次一级保养,由驾驶员为主,维修工人配合进行。其内容及要求如下:

（1）电瓶架部分

① 清洗电瓶,保持清洁无杂物,电瓶内硫酸的浓度正常。

② 电瓶接头清洁牢固，无锈蚀现象，接线整齐。

③ 电瓶架清洁，无严重锈蚀现象，涂补防锈红丹。

（2）转向机构和制动装置

① 清洗各部分，保持清洁，无油污。

② 各加油孔畅通，添加润滑油。

③ 转向机构灵活，接头中添加油润滑。

④ 刹车安全可靠。

（3）直流电动机的电刷部分

① 清扫电刷架，保持清洁，电刷压力正常。

② 更换磨损的电刷。

③ 运转时电刷架基本不冒火花。

（4）电器触头及电路接头

① 电器触头接触良好。

② 电路接头无松动，无异常发热现象。

（5）充电设备

① 清洁，无积灰杂物。

② 充电夹子安放整齐安全，弹性正常。

③ 各电器电路保持接触良好。

三、二级保养

电瓶叉车运行 2 500 小时进行一次二级保养。以维修工人为主，驾驶人员参加，除执行一级保养外，还应做下列工作：

（1）前桥、后桥、减速箱、转向机构

① 清洁、无油污、积灰、无锈蚀现象。

② 根据磨损程度更换零件。

③ 变速箱齿轮、轴、轴承清洗、换油。

④ 转向机构间隙调整适当。

（2）直流电动机及电器喇叭

① 修整换向电器。

② 清洁直流电动机,更换碳刷等易损件。

③ 线路重新整理,接触器检修。

④ 喇叭线路接触良好。

四、电气系统的使用维护与保养

(1)控制器:控制器在使用过程中,应保持动作的正确性和灵活性。经常检查触头有否熔损,若发现烧伤等情况时,应用细锉或玻璃砂皮擦去,并应定期对控制器进行全面检查。

(2)接触器:接触器的触头必须接触良好,应经常检查动作是否灵活,触头是否烧伤。如有尘垢及伤痕,应即清除,并定期检查。

(3)检查电阻有无断裂损坏,清除电阻上的灰尘,以利散热。

(4)油泵电动机不能超负荷运转,若超负荷其运行时间不得超过15秒。

(5)电气线路接线应正确,不允许错接或有短路现象,所有接头的接触必须良好,接线螺钉应拧紧,各处锡焊必须坚实可靠无脱焊现象。

(6)使用中应特别注意电动机运转是否正常。如遇下列情况,应根据故障原因及时排除。

① 不能启动:可能是熔断器烧断,控制线路不通,电动机绕阻有严重短路或断路,换向片之间短路,炭刷接触不良,负载过重或轴承等机械损坏所致。

② 转速不正常:可能是绕阻短路或断路,电刷位置不正并过载,轴承损坏,电源电压太低等原因所致。

③ 电刷发生火花:可能是炭刷接触不良,换向器表面高低不平,炭刷位置不正,表面不洁,换向片短路或电动机绕阻短路等原因造成。

④ 产生高温:可能由于过载、轴承及油封太紧、损坏或润滑不良,或轴芯不正、电枢与磁极相摩擦、绕阻短路、电刷压力过大、位

置不正、整流不良等原因。

⑤ 有杂音：主要是轴承损坏、换向器表面不平、炭刷震动或摩擦等原因造成。

电气系统是电瓶叉车的主要组成部分，若稍有故障或损坏可能会造成全车失灵或导致事故。因此，对电气系统经常进行维护保养，对安全使用叉车极为重要。检修时要拆除电源，避免发生短路。

液压传动系统、工作装置、转向泵、制动泵等机械部分的维护保养可参照内燃叉车有关内容进行，这里不再叙述。

电瓶叉车规格及其技术状况也各不相同，特别是比较新型的叉车其维护保养要求也不完全一样，可参照有关叉车的技术说明书进行维护保养作业。

五、蓄电池的维护与保养

蓄电池性能的好坏将直接影响电瓶叉车的使用，应严格按规范做好蓄电池的日常检查与维护工作，并按蓄电池维护规定执行。

蓄电池俗称电瓶，它是一种储存电能的装置，能使电能和化学能之间互相转换。当电瓶充电时，电能即转为化学能进行储存，而当叉车工作时，电瓶放电，化学能转化为电能，供给叉车电动机控制电路及照明等处使用。

蓄电池有两大类：一类是酸性蓄电池；另一类是碱性蓄电池，又分为铁镍和镉镍蓄电池两种。

电瓶叉车蓄电池一般由 2 V 电压的单格电池串联而成，称为蓄电池组。电瓶车电压一般有 24 V、36 V、48 V 等。在同一个单格电池内，负极板总比正极板多一片。装配时是正负极板交叉穿插。使每片正极板的两面在化学反应中产生等量的生成物，减轻负极板的变形、拱曲，同时还能增加容量。电池隔板是隔在正、负极板之间防止正负极板短路的绝缘体，它有许多孔，可使电解液畅通无阻。蓄电池外观如图 3-1 所示,其内部结构如图 3-2 所示。

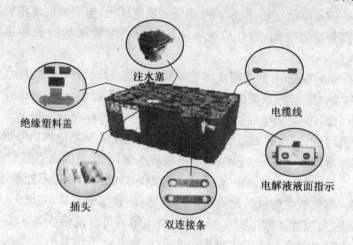

绝缘塑料盖

注水塞

电缆线

插头

双连接条

电解液液面指示

图 3-1 蓄电池

电解液过浓将损坏电极板和隔离板,且促使极板硫酸化。电解液过稀,则会使电池的电阻增加,电压迅速下降。蓄电池的电势与电解液的温度有关。

必须注意,在正常使用情况下蓄电池不能放电过度,即不能将行驶电动机及油泵电动机同时工作,否则将会使与活性物质混合在一起的细小硫酸结成较大的结晶,增大极板的电阻,在充电时就难使它还原,妨碍充电过程的进行。

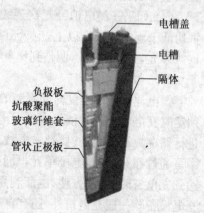

电槽盖

电槽

隔体

负极板
抗酸聚酯
玻璃纤维套

管状正极板

图 3-2 蓄电池的内部结构

1) 电解液的添加与比重调整

铅蓄电池在使用过程中,由于充放电作用,电解液的比重和液量都会发生变化,因此应视不同情况进行电解液的添加和比重调整。

(1) 在充电时,发现液面低于极板上缘 10～20 mm 时,应在充电前添加补充液或蒸馏水。添加后液面应高于极板 10～15 mm。

(2) 如果充电后的电解液比重在几次添加补充液后仍高于规定值,且电解液面太高而浓度仍不下降时,可先从蓄电池内取出一部分电解液,再添加纯水,取出电液的多少,视比重的高低而定。

(3) 在一组电池中,每个蓄电池电解液的比重相差不能超过 5 点。蓄电池电解液的比重用精确度 1‰的数字来表示,并把 1‰称为 1 点,因此比重 1.285 和 1.270 的电解液可以说相差 15 点。通常在蓄电池充电终了比重为 1.215,到放电终了比重为 1.180,两者相差 35 点。

(4) 如果一组电池经三次连续充电后,每个电池电解液的比重均低于规定值 5 点以上,应吸出一部分电解液体而加入比重为1:400 的稀硫酸溶液,调整到比重符合规定为止。

2) 充电常识

蓄电池的使用是受时间限制的,要保证电瓶车正常运行,就必须定时充电。充电时依靠电流对电瓶充电,使电能转化为化学能进行储存。目前,空气扰动充电技术已被广泛应用。空气扰动技术是通过在充电时,电极单元里同时输入空气,使其电解液翻动,达到充电省时、使用方便、电瓶利用率高等特点,如图 3-3 所示。充电设备除一般充电机外,还有自动充电机和快速充电机,快速自动地向电瓶充电。

(1) 新蓄电池开箱后,先擦净表面,然后检查电池槽、电池盖是否在运输中遭破损,铅零件是否齐整,封口剂是否有裂纹,如有问题,应在注入电解液前解决。

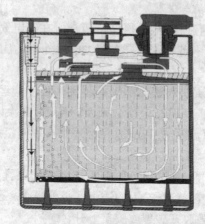

图 3 - 3　蓄电池的空气扰动充电技术

（2）把各个蓄电池的加液盖栓（即盖帽）旋下，仔细检查一下泄气孔是否通畅，如有腊封闭应用细针刺通，如看到电池盖的注液孔中有一层封闭薄膜或软胶片，可随即把薄膜捅破，或把软胶片取出。

（3）已配制好的比重为 1.250±0.005（在 20℃时）的电解液，温度控制在 30℃左右才能注入蓄电池内，注入量以液面高于多孔保护板 10～15 mm 为宜。

（4）在开始充电之前，必须对充电设备、变阻器及仪表等进行一次全面的检查，若有失灵或故障，应在充电前修理好。

（5）充电为直流电源，用直流发电机、硅整流器均可，最好能装置一逆流保护措施，整流器的输出功率、电压应高于蓄电池组串联电压的 50%，电流应不小于 5 小时放电率容量的 15%。

（6）蓄电池充电时，内部有大量的气体产生，因此必须把工作栓（即盖帽）打开，这样便于让充电时产生的气体排出，否则电池槽有爆炸的危险。

3) 日常维护与保养

(1) 在使用过程中,必须保持清洁。在充电完毕后旋上注液胶塞后,可用蘸有苏打水的抹布擦去电池外壳、盖子和连接条上的酸液和灰尘。

(2) 极柱、夹头和铁质提手等零件表面上应经常保持有一层薄凡士林油膜。发现氧化物必须及时刮除,并涂以凡士林(或黄油)以防再腐蚀,接线头和电池柱必须保持紧密接触,必要时拧紧线头的螺帽。

(3) 注液孔上的胶塞必须旋紧,以免在车辆行驶时因震动使电解液泼出。胶塞(盖子)上的透气孔必须畅通。否则电池内部的气压增高会导致胶塞破裂或胶盖上升。

(4) 电解液面应高于防护板的 10～15 mm,每天使用后要进行检查,发现液面低于要求时只能加入补充液(或蒸馏水),不能加硫酸。如果不小心将电解液泼出而降低液面,则必须加入和电池中同样比重的电解液,而不能加入比重过高的电解液。

(5) 已放电的电池,必须立即进行充电,不能久置,以免极板发生硫酸化。最好每月检查电池放电的放电程序,适当进行补充电一次。

(6) 蓄电池上不可放置任何金属物体,以免发生短路。不要用导线或起子直接放在极柱上的方法来检查电池是否有电,因这样会产生放电电流过大,损失电池容量。可用电压或小灯泡来检查电池是否有电。

(7) 对停放时间超过 1 个月的车辆。应检查电池是否良好充电,并将电池接线拆开一根,以防止漏电。

(8) 严禁用河水或井水配制电解液。蓄电池在充电过程中,有氢气和氧气外逸,因此严禁烟火接近蓄电池,以免发生爆炸事故。

电池充电后一般比重范围控制在 1.28 左右为好。

第四章　安全操作常识

第一节　车辆的稳定性

稳定性是确保车辆安全作业的重要条件。如果稳定性不能满足稳定要求,将必然导致车辆的倾翻、货物损坏、人员伤亡等事故,所以特种作业人员对稳定性必须要有明确的了解和认识,才能确保运输、装卸作业的安全。

叉车具有能垂直升降、前后倾斜的工作装置。叉车的稳定性表现为纵向稳定和横向稳定。叉车作业实践证明,横向稳定性要比纵向稳定性更重要。一般的叉车事故,多数是由于丧失横向稳定性而导致的。

一、叉车的纵向稳定性

1) 叉车满载码垛时的纵向稳定性

当叉车在水平地面上,门架直立,货叉满载起升到最大高度时,叉车受到重力的作用,如图 4-1 所示。如果叉车自重与货物重量的合力 W 的作用线,通过叉车前轮中心线,即 $a=0$,则叉车处于稳定性临界状态。此时,只要在叉车前倾方向施加任何微小的外力矩,叉车就会向前倾翻。所以,货叉升高码垛时,叉车合成重心至前桥中心线的水平距离(重力力臂)不能为 0,即 a/h 必须有一定的数值。

叉车纵向稳定性的稳定要求是:起重量在 5 t 以下的叉车:

$$a/h > 0.04$$

所以，当驾驶员满载码垛作业时，应注意门架前倾有向前倾翻的危险，此时，车辆速度要慢，不能紧急制动，操纵换向阀时要缓慢，防止突然冲击，使叉车合成重心保持在满足码垛时的稳定条件内，这样可防止倾翻事故。

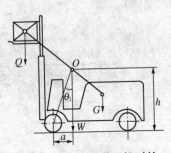

图 4-1　叉车满载码垛时的纵向稳定性

注：a：叉车合成重心至前桥中心线的水平距离（重力力臂）。

　　h：叉车合成重心至地面的垂直高度。

2）叉车满载行驶时的纵向稳定性

叉车在货叉满载，在平坦道路上全速行驶时制动，叉车将受到惯性力和重力的作用，如图 4-2 所示。

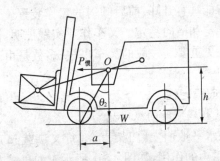

图 4-2　叉车满载行驶时的纵向稳定性

叉车在行驶时制动所产生的惯性力，是使叉车丧失纵向稳定性的主要外力，$P_{惯}$ 通过叉车合成重心 O 点，即重力 W 的合力（$P_{离效}$）是使叉车保持稳定的力，因此当 $P_{惯}$ 和 W 对前桥中心线接地线产生的力矩平衡时，叉车就处于纵向稳定的临界状态。即

$$P_{离效} \times h = W \times a$$

叉车满载行驶时满足的稳定条件是：

$$a/h \geqslant 0.18$$

叉车驾驶员在满载作业行驶时，货叉必须下降至距地面 300 mm 左右，门架后倾；在高速行驶时，尽量避免紧急制动，这样可以防止满载行驶时纵向翻车的可能性。

二、叉车的横向稳定性

实践证明，叉车的横向稳定性比纵向稳定性更重要。使叉车丧失横向稳定性的外力有：① 叉车转弯时的离心力；② 坡道分力；③ 侧向风力。其中转弯离心力是最重要的。

叉车转弯时是通过瞬时转弯中心点 E 点的垂直轴线做圆周运动，如图 4-3 所示。离心力 $P_惯$ 的作用线，一定在过 E 点的垂直轴和叉车重心 O 点所构成的平面内，并且通过重心 O 点。O 点距离地面有一定高度，在离心力作用下，叉车有绕某一轴线横向倾翻的趋势，这条轴线称为叉车的横向倾翻轴线。前轮接地点与转向桥中央铰接轴连线 Ⅰ-Ⅰ 为横向倾翻轴线。离心力 $P_惯$ 在横向倾翻轴线垂直方向的合力 $P_{离效}$，是使叉车横向倾翻的有效作用力，当 $P_{离效}$ 与叉车重力 W 对倾翻轴线产生的力矩平衡时，叉车就进入横向稳定的临界状态。

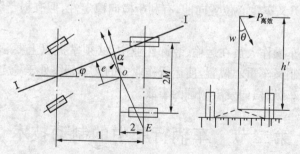

图 4-3 叉车转弯离心力作用

注：e 为重力力臂；h' 为叉车重心至重力作用线与横向倾翻基准平面的交接点的距离。

叉车满载码垛时的横向稳定条件是：

$$e/h \geqslant 0.06$$

叉车空载行驶时的横向稳定条件是：

$$e/h \geqslant (15+1.1V)\%$$

式中 V 为叉车空载最高行驶速度。

叉车满载时一般比空载行驶速度低。满载时叉车合成重心前移，重力臂值增大，横向稳定性增加。

一般认为，重车比空车容易倾翻。因此，在重车转弯时会注意减速，以减少了倾翻的可能性。空载行驶时，由于货叉上没有货物，容易使驾驶员大意，操作时出现高速度急转弯或下坡时急转弯、紧急制动等情况，从而容易造成倾翻事故。

根据实践经验，可以得出以下几点：

(1) 叉车在作业行驶中，其合成重心位置每个瞬时都在改变。

(2) 叉车重心位置越高，对纵向和横向稳定性越不利。

(3) 叉车重心位置越低，对纵向和横向稳定性越有利。

(4) 叉车重心位置向后，有利于纵向稳定性，但有损于横向稳定性。

(5) 叉车重心位置向前，有利于横向稳定性，但有损于纵向稳定性。

叉车操作人员在运输、装卸作业中，必须掌握以上要领，从而正确控制叉车重心位置，使运行作业中的叉车始终处于稳定状态，预防叉车纵、横向发生倾翻的事故。

第二节　车辆行驶中的制动技术

厂内机动车辆在作业过程中，由于道路及周围环境的不断变化，常常需要驾驶员采取制动措施，变换行车速度使车辆降速或者停车。

车辆在行驶中，速度越快、重量越大，车辆的动能越大。由于车辆的重量一般都比较大，所以一旦驾驶员操作不当或车辆发生故障而撞击其他交通工具、行人或建筑物，则极易造成人身伤害和财产损失。

车辆的制动是通过制动装置来实现的。驾驶员想使运动着的车辆迅速减速或停车，就要通过制动装置吸收车辆运动质量的动能。所以对制动装置的要求是：完好、工作可靠、吸收能量快。

一、路面制动力和附着力

行驶中的车辆制动后，作用在车上的力很多，车轮制动开始时，在车轮和路面之间即产生路面制动力，它与车辆行驶的方向相反；同时，作用在车上的还有空气阻力和上坡时的坡道阻力等，这些都是有利于车辆制动的力。而力图保持车辆继续前进的惯性力，与下坡时坡道作用在车辆上产生的一个促使车辆向下的重力分力等，都是不利于车辆制动的。

当驾驶员踏下制动踏板时，制动蹄片与旋转的制动鼓密切接触而产生摩擦力，这时轮胎与路面之间即出现路面制动力。

路面制动力直接影响制动效果。在同样的条件下，路面制动力越大，停车就越快，制动距离就越短。

路面制动力首先取决于制动器摩擦力。而制动器摩擦力与制动器机构、摩擦系数及车轮半径有关，同时还与施加在制动踏板上的力有关。一般情况下，制动踏板力越大，制动器摩擦力也越大。

路面制动力同时还受到轮胎与路面之间的附着力限制。当制动踏板力较小时，制动摩擦力矩不大，路面制动力也较小，车轮运动受阻但能滚动，此时路面制动力等于制动器摩擦力。当制动踏板力增加而使摩擦力升高到等于附着力时，车轮停止转动，出现抱死拖带现象。这时，即使继续增加制动踏板力，其路面制动力也不再增加了，用公式表示其关系为：

$$PC \leqslant P_\phi = Z \cdot \phi$$

式中:PC 为路面制动力;$P\phi$ 为附着力;Z 为路面对车轮的垂直反作用力;ϕ 为附着系数。

由式中可知,附着力等于路面对车轮的垂直反作用力与附着系数的乘积。由于附着系数主要取决于轮胎的花纹、轮胎气压和路面情况,特别是路面状况影响最大。如沥青或水泥路面在干燥情况下,附着系数为 0.7~0.8;潮湿状态时为 0.3~0.5;在冰雪路面上为 0.2 以下。若路面上有尘、细砂、油污、碱液或其他粉末等时,附着系数更小。

二、影响制动距离的因素

由上述可知,制动效果的良好与否,主要取决于路面制动力的大小,即只有在车辆内部有足够的制动摩擦力且轮胎与路面之间又能提供较高的附着力,制动效果才能良好。

驾驶员在遇到意外情况时,为了周围环境及自身的安全,总想在原地立即把车停住,但实际上这是不可能的,由于惯性作用,无论制动力多大,车辆总还得行驶一段距离后才能停下。制动距离就是从驾驶员踏制动踏板到完全停住时车辆所行驶的距离。影响制动距离的主要因素是:制动器起作用的时间、附着力、最大制动摩擦力和制动开始时的车速等。

(1)制动器起作用的时间受制动器性能的影响。它包括:克服制动踏板的自由行程的时间,制动泵或制动阀的滞后作用时间和克服制动蹄摩擦片与制动鼓间隙的时间等。制动器起作用的时间还与驾驶员踩下制动踏板的速度有关,驾驶员踩下制动踏板的动作越快,起作用的时间就越短,反之起作用的时间越长。由于上述原因,当驾驶员踩下制动踏板时,车轮并没有立即产生制动效果,车辆仍继续运行一段距离,这段距离随车速成正比增加。

(2)附着力越大,制动摩擦力越大,则制动距离越短,对安全越有利。当制动器将车轮充分刹住,车轮在路面上滑拖时表示制动摩擦力不可能再增加,达到了极限值。附着力大小是随附着系数变化而变化的。从制动器产生了制动作用,车轮进入了制动状态直到车辆停住这段距离称为车辆持续制动距离。车辆持续制动距离与附着力成反比,附着系数减少一半则持续制动距离增加一倍。附着系数不仅取决于路面与轮胎的状况,还与车速有密切的关系,车速越快,轮胎与路面的附着系数就越小。

(3)制动开始时的车速对制动距离影响特别大。车辆的动能与车速的平方成正比,所以,持续制动距离与车速的平方成正比,即车速若增加两倍,则持续制动距离则要增加四倍。

根据上述分析可知,为了缩短制动距离,必须严格控制行车速度。"十次肇事九次快",由于车速快而造成的事故在厂内机动车辆事故中占有很大的比例。

第三节　叉车的安全操作规程

叉车驾驶员必须经过专业培训,并考核合格,取得《特种设备作业人员证》,方准单独操作。严禁无证操作。学员除持有学习证外,必须有正式驾驶员带教。叉车操作人员要认真阅读车辆使用说明书,熟悉叉车性能结构并了解各仪表作用及操纵机构。

一、叉车启动前的检查

叉车启动前的检查按日常技术保养要求进行。

(1)检查离合器踏板及制动踏板的自由行程是否符合规定,制动是否灵活可靠。

(2)检查油箱内燃料是否足量,发动机油底壳及喷油泵下体中机油油面是否在应有标尺刻度范围,各油管接头处是否渗漏。

(3)检查散热箱内冷却水是否充满,各水管及接头处是否渗漏。

(4)检查燃油管路是否有空气,如发现应予以排除。排气时首先将滤清器放气螺钉打开,用输油泵上手泵打油,将油路中空气排净,最后拧开喷油泵上的放气螺钉,以手打油,排净高压管油路中的空气。

(5) 检查蓄电池极柱导线是否松动,检查发电机皮带松紧度。

(6) 检查前后轮轮胎气压是否符合规定。胎纹中若嵌有石子等杂物应立即排除。

(7) 检查各系统有无泄漏,拉杆、接头、螺栓是否紧固可靠。

(8) 检查各仪表、灯光、喇叭是否正常。

发现隐患应先解决,严禁带病出车。

二、叉车的仪表和操纵机构

目前叉车的型号、品种较多,它们的仪表、指示灯、操纵机构基本类似但也不完全一样。在较新型的叉车上,仪表盘上有指示灯,当某一系统发生故障时指示灯闪亮。

常用叉车的操纵机构及仪表如下:

(1) 电门开关(即点火开关):将钥匙插入开关内向右转过一个位置接通启动电动机(启动马达)和充电电路。预热启动开关有预热、预热启动、零和启动四个位置(汽油叉车无预热启动位置)。

(2) 电流表:指示蓄电池充放电情况。叉车在作业时指针在"+"方向,说明蓄电池在充电,指针偏向"-"方向,说明蓄电池在放电;若指针由"+"方向逐渐向"零"位时,则蓄电池电量不足,若指针在中间位置不动或在"-"时,则发电机调节器及电路有故障。

(3) 水温表:是指示发动机工作温度的重要仪表,出水口正常工作温度为 80～90℃,散热器开锅或温度偏低时说明冷却系统有问题。

(4) 机油压力表:是指示发动机润滑工作情况的重要仪表。正常压力为 0.2 MPa。油压严重偏低或无压力时应禁止使用车辆。

(5) 灯具:照明灯是叉车夜间工作时照明用的;转向指示灯是指示左右转向的。灯开关向外拉第一挡为小灯亮,第二挡为大灯近光,第三挡为大灯远光。

(6) 手制动操纵手柄:向后拉是制动,向前推是松开制动。在停车时应先用脚制动器使车辆制动,停车后拉手制动器制动车辆,达到临时或长期停车的目的。

(7) 熄火拉钮:拉出时为发动机熄火。熄火后不要忘记把拉钮恢复原位,以免再次使用时发动机不点火(汽油叉车无熄火拉钮)。现在大多车辆均采用电子阀自动熄火。

(8) 门架前后手柄:手柄向前为门架前倾,向后为门架后倾,中间位置为关闭。门架运动速度由手柄开度大小和发动机转速控制,操作时应缓慢平稳,不得猛推猛放。

(9) 货叉升降手柄:手柄向后压为上升,起升速度由手柄开度大小和发动机转速控制;向前推为下降。对于装有限速阀的起升油缸,货叉升降速度按叉车标准一般控制在 60 mm/s,操作时应缓慢平稳。

(10) 方向盘:方向盘是操纵车辆改变行驶方向的机构,方向盘向左转动车辆向左移动;向右转动车辆向右移动,前进和后退相同。国内机动车辆的方向盘装在驾驶室的左边,方向盘的最大自由转动盘从中间位置向左右各不得大于 30°。

(11) 变速器手柄:不同型号的叉车其变速器手柄也不一样。机械变速器有一根和两根操纵手柄。一根变速操纵手柄的,其操纵方法是,以中间(自然)位置为中心,以左右、上下移动来换挡变速,中间(自然)位置为空挡系统;两根操纵杆的操纵手柄,一根是前后方向杆,另一根是快慢速度杆,两根操纵杆必须同时在挡位时车辆才会运行。动力换挡变速器只有一根变换方向手柄,其快慢速度由油门大小控制。较新型的静压传动车辆的变速在油门踏板上,用箭头或图案标示。

(12) 脚制动踏板:踏下踏板,车辆制动,制动灯亮。脚制动踏板与加速器踏板都设置在车辆右边,操作时应严格区分。

（13）离合器踏板：踏下踏板，发动机输出动力被分离，抬起踏板，动力被结合，操作时应做到结合要平稳，分离要迅速。

（14）加速器踏板：其踏下行程大小与发动机转速快慢相配合，与变速杆手柄相配合，控制叉车行驶速度。

三、叉车的基本驾驶操作

正确的驾驶姿势能减轻驾驶员的劳动强度，便于运用各种驾驶操作装置和观察仪表以及瞭望车前周围的情况，从而能持久、灵活、安全地进行操作。

操作前，应根据自己的身材情况，将座位高度调整适当。操作时，身体正对前方坐稳，两眼平视前方，顾及左右并注意周围环境，背靠坐垫，胸部挺起，两膝放开，成八字形，两脚同时分别放在离合器踏板和加速器踏板上，集中思想，保持精力充沛、操作自如的姿势。

叉车的驾驶和汽车基本相似，但因使用作业范围及工作装置的不同，故叉车操作时亦有它的特殊性，即叉车具有起重装卸、运输的功能。

1）正确把握方向盘

叉车方向盘与汽车方向盘一样。操作时左手握左上方，右手握右下方或"十点一刻"位置，左手拉动，右手推送，双手交叉转向。根据转向需要，以一手为主，一手为辅，适当地拉动或推送。急转弯时，两手应交叉轮流动作。转动方向盘要求动作持续协调，稳准连续，不应断续推送及双手同时用力或脱离方向盘。

采用液压动力转向的车辆，当低速转弯时会因液压系统供油不足而使转向沉重，这时左脚应踩下离合器踏板以控制车速，右脚稍加油门踏板以提高发动机转速，从而顺利转向。

在叉车装卸作业、换挡变速时，应用左手把握方向盘，右手操纵其他部件。

2）合理操作离合器踏板

使用离合器时，用左脚踵靠在离合器踏板上，用膝和踝关节的屈伸动作踩下或放松踏板，在切断动力使离合器分离时，应迅速并一次将离合器踏板踩到底。在车辆起步放松踏板接合离合器时，应缓慢平稳，到完全结合时应立即将脚从离合器踏板上移开，放在离合器踏板的左下方。车辆逐级换挡时，操作离合器的接合动作要快，但不应猛放。

车辆在运行中不得将脚搁在离合器踏板上半联动运行。

3）合理操作加速器踏板

操纵加速器踏板时，应让右脚踵靠在驾驶室底板上作为支点，脚掌轻踩在油门踏板上，用踝关节的屈伸动作踩下或放松踏板。踩放加速踏板时，用力要柔和，不宜过急、过快，要做到"轻踩、缓抬"，不可无故忽踏忽放或连续抖动。

4）合理操作变速器操纵杆

挂挡或换挡变速时，应左手握稳方向盘，放松加速器踏板，同时迅速踩下离合器踏板，右手的掌心微贴变速杆球头的顶端，手指轻握操作杆球头，以手腕用适当的力量准确地推入或拉入选定的挡位。挂挡时不得用眼睛注视挡位杆，应平视前方。

每次换挡变速时，必须经过空挡位置，换挡变速应逐挡进行，不允许越挡。

挂倒挡必须停车后进行，以免损坏零件。

换挡时，不得强推硬拉而使变速器齿轮发生严重撞击声。如挂挡挂不进，可放松离合器踏板，然后踩下离合器踏板再进行挂挡，或将变速杆先挂入其他挡位，随即摘下，再挂入选定的挡位。

5）叉车启动

空挡启动是基本要求。变速杆不在零位（空挡）位置时不准启动发动机。

启动时,将变速杆置于空挡位置,手制动处于制动状态,插入启动开关钥匙,按顺时针方向在启动位置启动,与此同时踏下离合器踏板,并轻轻踩下加速器踏板。启动马达时间不得连续转动超过 10 s。一经启动后应立即松手,让钥匙自动复位。如果发动机一次不能成功启动,应间隔 1~2 min 再重新启动,当气温低于 5℃时,若启动困难,可使用预热系统(汽油机无预热系统),或将发动机进行加温。启动时将启动开关钥匙转至"预热"位置,停留40~60 s,然后再旋至"启动"位置启动。如仍未启动,应间隔 2~3 min 左右,将钥匙旋至"预热"位置,重复上述过程。

6) 叉车停熄

将发动机停熄前,不应猛踩加速器踏板。

如发动机经重负荷工作或温度偏高时,应使发动机怠速运转2~3 min,使机件冷却,然后选择水平地面,将货叉降低平放地面,拉紧手制动器,将挡位挂入空挡。

叉车严禁停放在坡度大于 5% 的路段上。若必须停放在坡道上,一定要用垫块垫在轮胎下面。

冬季停车,气温低于 5℃时,应将散热器和发动机内的冷却水放净(放水时打开散热器盖和放水开关),或将叉车停放于暖房内。停入暖房的叉车应注意室内温度和空气流畅,以免造成电瓶爆破事故,必要时将电瓶卸下另行存放。

长时间停放的车辆必须用垫块垫住车轮,同时挂上"暂不使用"警示牌。

7) 车辆起步

车辆起步前,应先检查车辆周围及底下有无人、障碍物,然后将货叉升离地面 200~300mm 左右,并稍向后倾。接着踩下离合器踏板挂上挡,鸣号后松开手制动器,再平稳接合离合器,同时适当踩下加速器踏板,在确保安全情况下平稳起步。

夜间、浓雾天气、恶劣环境视线不良时须打开前、后灯光并应减速慢行。

正确的起步,应使车辆平稳而无抖动,不准硬拖或熄火。起步时,注意离合器踏板、加速器踏板及制动踏板间的相互配合。

在坡道上起步,应右手握紧手制动杆,左手握稳方向盘。当离合器渐渐进入接合状态时,则逐渐放松手制动器并相应加大油门,使车辆从静止状态平稳起步。以上几个动作必须配合适当,否则将出现车辆后溜或发动机熄火。

车辆在坡道上起步应采用慢速挡,不允许不使用手制动器而用右脚兼踩油门和制动踏板的方法在坡道上起步。

车辆起步的动作为"升、挡、喇、制"4步。

"升"即将货叉上升并后倾;"挡"即挂上挡位;"喇"即鸣号;"制"即松手制动器。以上4个动作完成后,左脚慢慢放松使离合器渐渐接合,同时右脚稍加油门,就可使车辆平稳起步。

气压制动的车辆,制动气压表读数须达到规定气压值后才可起步。

8) 叉车安全运行

叉车运行时,在提起货叉 200~300 mm 后不得随意提升、降低货叉。车辆行驶应根据地形位置和负载情况,在确保车辆及货物稳定安全的前提下,正确选定所需挡位,并可根据实际作业运输需要,选择高低挡速度运行,或换挡变速,或改变前后方向。

厂内机动车辆运行,最高时速不得超过 20 km/h,厂区内最高时速不得超过 10 km/h,车间、仓库内最高时速不得超过3 km/h,严禁超速行驶。

叉车在运行中严禁将脚搁在离合器踏板上,以免使离合器机构损坏。除叉车作业时,需低速微微前进和后退外,离合器一律不允许在半分离状态下,在相对运动中使用。

负载运行时,铲件离地高度最大不得超过 500 mm。

在坡道上行驶,应使货物位于坡上位置。当叉车空载运行时,货叉可位于坡下位置。叉车在斜坡上行驶应特别小心,不得横穿斜坡或在斜坡上转弯,不要紧急制动,不准换挡。

叉车靠近坡道边缘、高站台或平台边缘时,必须保持车辆一个轮胎的宽度作为离开站台或平台的最小距离。

9) 叉车转向

对于叉车等机动车辆来说,作业时间占相当比重,工作频繁,由于场地、环境及货物等因素,常常需要不断转向和倒车。

对叉车等机动车辆,大都是前轮制动,后轮转向。在转弯时,车辆外侧后轮的转弯半径要大于外侧前轮的转弯半径,前后轮轴之间的距离越长,后轮转角越大,外轮差越大。所以在车辆转弯时,应使车辆靠弯道内侧行驶,使外侧留有足够的余地,不致使车辆越出路外或碰到障碍物。

转向时,应与车速和地形配合,做到及时转、及时回,转角适当,尽量避免在转弯时紧急制动或变速换挡。

转弯时,应提前减速慢行。在道路及弯道条件允许情况下,在开始转弯前 50~100 m 处发出转弯信号,并做好制动准备,不得争道抢先。

10) 叉车倒车

倒车时,应注视后方,左手握稳方向盘,上身向右侧转,下身微斜,右手依托在靠垫上端,头转向后方,两眼注视后方目标进行倒车并顾及左右。倒车转向时,要"慢行车,快转向",转向后及时回正。

在搬运庞大的货物,无法降低高度,影响驾驶员视线时,司机应开倒车,车速要缓慢,必要时要有人指挥。

叉车转弯、进入车间、库房或狭窄地段时,应减速鸣号。叉车转弯时,应注意叉车尾部的摆动。

叉车在负载情况下转向和倒车,都应避免紧急制动。

四、装卸作业基本动作规定

叉车具有高效的货物装卸、搬运的功能。叉车的装卸作业直接影响货物的稳定和人员的安全,直接影响经济效益和社会发展。所以叉车驾驶员必须要有严格、规范的装卸动作。

1) 装载货物时的操作步骤及要求

(1) 操作步骤

① 驶近货垛:叉车起步后,根据货垛位置,驾驶叉车行驶至货垛前停车。

② 垂直门架:叉车停稳后,将变速杆放入空挡,将门架复原至垂直位置。

③ 调整货叉高度:提升货叉,使货叉的叉尖对准货下间隙或托盘叉孔。

④ 进叉取货:将变速杆挂入前进一挡,叉车缓慢向前行驶,使货叉进入货物下间隙或托盘的叉孔。当货物靠近挡货架时,叉车制动。

⑤ 微提货叉:在垂直或稍向后倾位置使货物连同货叉上升到可以离开货垛运行的高度。

⑥ 后倾门架:使门架后倾到货物完全固定位置。

⑦ 退出货位:将变速杆挂入倒一挡,缓解制动,叉车缓慢平稳后退到货物可以落下的位置。

⑧ 调整货叉高度:下放货叉至距地面 200~300 mm 的高度后平稳驶向卸货地点。

(2) 操作要求

① 不管倾斜门架还是调整货叉高度,要求动作连续,一次成功,切勿反复调整,以提高作业效率。进叉取货时,可通过半联动离合器控制叉车速度。

② 当货叉完全进入货垛下间隙或托盘叉孔后,停车制动,将变速杆放入空挡,然后完成其他动作。

③ 正面装载货物。货物的叉取,一般都应选正面从堆垛中进入该区域,并将货叉稍向前倾小心地插入托盘底下,前倾角度大小根据实际情况而定。

④ 如果重心偏移,则应作适当的调整。

⑤ 如果货物托盘底下的空隙不能使货叉进入,应用货叉尖端将货物抬高,用垫块垫住后再将货叉叉入货物底下。

叉取货物时,应将货叉全部进入货物底下,并应将货物重心固定在额定中心矩内。

2) 叉车卸下货物时的操作步骤及要求

(1) 操作步骤

① 降速驶近货位:叉车驶向卸货地点停稳,做好卸货准备。

② 调整货叉高度:将货叉缓慢平稳提升对准卸放货物所必须的高度。

③ 进车对位:将变速杆置于前进挡,叉车缓慢平稳前进,使货叉位于待放货物(或托盘)处的正上方,停车制动。

④ 降叉卸货:使货叉缓慢下降,将货物(或托盘)平稳地放在货垛上,然后将货叉稍向前倾脱离货物底部,同时货叉又不碰到下面货物(或托盘)

⑤ 退车抽叉:将变速杆置于后退挡,缓解制动,叉车后退至能将货叉降下的距离。

⑥ 后倾门架:使门架后倾至极限位置。

⑦ 调整叉高:下降货叉至距离地面 200~300 mm 处,叉车离开。进行下一轮搬运作业。

(2) 操作要求

① 操作操纵杆时,动作要柔和,速度要适当,严禁突然起升或下降货叉,以免货物散落损坏或伤人。

② 对准货位时,在货叉与货位之间留有适当距离,用于微调叉车,使其对准货位,禁止打死方向。垂直门架一定要在对准货位

以后进行,货叉高度要适当,禁止拖拉,刮碰货物。

③ 卸放货物时,应让货叉在水平或后倾位置平稳缓慢下降。再将货叉前倾,使货叉脱离货物,并从堆垛中顺利退出。

④ 缓慢平稳的操作,除了叉取货物或卸货外,在提升或下降动作时,绝对不允许货叉前倾。

⑤ 货物叉取后,将门架后倾,是为了使货物稳定,货物重心后移。

⑥ 注意最大起重量与额定载荷中心距。货物重心与载荷中心距处于同一铅垂线时,叉车所能装卸货物的最大重量,称为叉车的最大起重量。标准载荷重心到货叉垂直段前壁的水平距离称为叉车的载荷中心距。通常载荷中心是按标准在设计时规定的,亦即不同起重量的叉车一般情况下载荷中心距是不同的。当货物重心在载荷中心距内,叉车能以最大起重量进行装卸作业,否则叉车的稳定性会遭到破坏而易发生事故。一般 1~3 t 叉车其额定载荷中心距从货叉转弯处向外计算为 500 mm。任何货物的叉取都必须在额定载荷中心距内。当装载物料的重心超出设计载荷中心距时,叉车装载货物的重量,应按说明书的规定相应减少。

五、电瓶叉车的安全操作规程

(1) 启动时,首先把钥匙插入电锁中并扭转,然后手按喇叭按钮,发出开车信号。

(2) 行驶前先检查控制器的换向手柄位置是否在所需要的行驶方向位置上,手柄向前推动为前进方向,向后拉为倒车方向。检查脚刹车是否已经松开,然后逐挡踏下速度控制器,叉车便逐渐加快行驶速度。当踏下第三挡时,可正常工作,其他各挡的踏下时间不宜过长。

(3) 叉车前进时,如需向右转弯,可按顺时针方向转动方向盘,反之则按逆时针方向转动方向盘。

(4) 若使电瓶叉车在行驶中停止,踏下脚刹车踏板,如需久停而驾驶者需要离开叉车时,必须将手制动拉到刹紧的位置。

(5) 起升货物时,把换向阀上操纵手柄向前推,直到货物升到所需要的高度时,将手柄退至原位。降下货物时,将手柄压下。

(6) 变速脚踏板和换向手柄(即方向开关)均设有"零"位机构联锁,当其中一个不在零位时,都不能启动,以防误操作。

(7) 在斜坡路面停车时,应拉紧手制动刹住车辆。

(8) 叉车在行驶时,不准变换前进或后退方向,必须停车后,才可变换前进和后退方向开关。

(9) 油泵电动机在工作装置未作业时是不运转的,如发现电锁一开,电动机即运转时,应立即关掉电锁,检查故障,等故障排除后方可使用。

(10) 制动片与鼓不能粘有油垢,磨损后间隙大于规定数值时,应调整间隙至规定规范。加油时,过滤必须清洁,以保证油路不至堵塞。

(11) 经常检查货叉、链片有无裂纹或其他不正常情况,发现异常情况应及时检修更换。

(12) 工作油箱油面应保持在油箱容积的 95% 左右,油泵工作时若有过热现象,应停车检查或修理。液压系统动作时间不宜过长,一般以每次不大于 30 秒钟为宜。

(13) 一般情况下不能使运行电动机和油泵电动机同时工作,否则蓄电池将因放电电流过大,致使效率降低,影响使用寿命。

(14) 控制器由第一挡转变为第二挡时,换挡不能太快,否则接触器不能及时吸合,叉车无法启动。为保证叉车平稳启动,应在慢速挡起步。

(15) 电瓶叉车在停止行驶时,必须将熔断器或闸刀断开。

(16) 电瓶叉车不准进入易燃易爆危险品仓库作业。

(17) 注意观察电压表的电压,若低于限制电压时,叉车应立即停止运行。

（18）载物行驶在超过 7% 和高于一挡的速度上下坡时，非特殊情况不得使用制动器。

未述部分参照内燃式叉车操作规程和车辆说明书规定执行。

第四节　厂内运输的安全要求

不同企业的厂内运输有其特殊性，在选用适当的运输方式的同时，还应从各个方面加强安全管理，应建立、健全一整套包括安全教育、安全操作、设备维修、保养等厂内运输、装卸的安全生产制度，以确保企业安全生产。

一、对车辆、道路的要求

完好的车辆，是搞好安全行驶、安全作业的基本条件。特别是车辆的转向器、制动装置、前桥、车轮、轮胎、照明、灯光、信号、喇叭等技术状况，必须完好，才能确保安全。

厂内运输车辆应做好日常保养，即做到"三勤"：在出车前、行驶中、收车后（回单位后）勤清洁、勤检查和勤调整。

厂内道路要求平面布置合理，宽度、路面、坡度等适应工厂生产、运输、防震、防尘等要求，有利于搬运装卸机械化和工厂发展的需要。

厂内道路应分为：主干道、次干道、辅助道、车间引道和人行道。

厂内运输道路的转弯半径应便于车辆通行，主、次干道的最大纵坡一般不得大于 8%，经常运送易燃、易爆危险品的专用道路，最大坡度不得大于 6%。

厂内道路应设置交通标志，其设置位置、形式、尺寸、颜色等必须符合《中华人民共和国道路管理交通条例》的规定。易燃、易爆产品的生产区域或仓库区，应根据安全生产的需要，将道路划分为限制车辆通行或禁止车辆通行的路段，并设置标志。

厂内道路的宽度最小转弯半径应在 3~4 m 之间。

道路交叉处,应保证驾驶员有足够的视野,在安全范围内不应有阻碍视线的障碍物。

车间通道,双行通道宽度不小于两台最宽车辆宽度之和再加 0.9 m,单行通道不小于车辆宽度外再加 0.6 m。

二、对驾驶员的要求

厂内运输车辆的驾驶员属于特种设备作业人员,由于工种的特殊性,对驾驶员的一般要求是:思想端正、作风正派、年满 18 周岁,具有初中以上文化程度,身体合格。

(1) 身体合格要求达到下列 6 条标准:

① 身高在 1.55 m 以上。

② 两眼视力均在 0.7 以上(包括矫正视力)。

③ 无红绿色盲。

④ 左右耳距离音仪 50 cm 能辨清声音的方向。

⑤ 血压正常。

⑥ 没有精神病、心脏病、高血压和神经官能症等妨碍驾驶机动车辆的疾病和身体缺陷。

(2) 驾驶员必须认真学习并严格遵守交通规则,因特殊情况需要车辆上公路时,应遵守《中华人民共和国道路交通管理条例》。驾驶员作业时,随带特种设备作业人员证,以便有关部门随时检查。

(3) 驾驶员必须努力掌握车辆驾驶技术,熟悉车辆性能和厂区道路情况,掌握车辆的一般机械电气知识、维护保养知识和排除故障的技能,认真按规定做好车辆的维护保养工作。

(4) 从事运输、装卸的工人,应每季度进行一次安全教育,每两年进行一次培训考试,经考试合格后,方准继续操作。

(5) 厂内运输的作业人员,应定期进行体格检查,如发现患有禁忌驾驶的疾病,应调换工种。

三、厂内车辆安全驾驶须知

（1）自觉遵守国家法律、规章制度，遵守劳动纪律，严格执行驾驶操作规程，坚持中速行驶（一般厂区行车车速最大不得超过10 km/h），礼让三分（先让、先慢、先停），不抢道。

（2）车辆应专人驾驶，培训驾驶员必须领导同意，向安全部门提出申请，经过实习培训，具有一定的安全操作知识，并熟悉厂内交通规则，经理论和实际操作考核合格，取得《特种设备作业人员证》后，方准驾驶。

（3）坚持"五不出车"

① 制动器（即刹车）不灵不出车。

② 转向系统（即方向机构）有故障不出车。

③ 喇叭不响不出车。

④ 灯光（包括大小灯、方向灯）不亮不出车。

⑤ 安全设备不齐全或失灵不出车。

（4）两车会车时，应该空车让重车，支线车让干线车，室内车让室外车，让一切执行任务的消防车、救护车、工程车、警车等。

（5）车辆驾驶员在驾驶中必须思想集中，谨慎驾驶，不准吸烟，不准与旁人闲谈，车辆严禁超载、超速行驶。

（6）车辆应靠右侧行驶，鸣号后起步，转弯减速，做到"一慢、二看、三通过"。

（7）同方向行驶，前车与后车必须保持 5～7 m 必要的安全距离。

（8）如行驶中发现有异状、异声或异味时，应该立即靠边停车检查，修理时轮子要塞住，不允许带病作业。

（9）司机离开驾驶室时，应将货叉平放在地面，拉紧手制动，切断电路，取下钥匙。

（10）车辆装运货物，必须装载平稳牢靠，并用绳子扎紧，确保牢固，做到四不超（超重、超高、超长、超宽），长不能超过车体前后

1.5 m,宽左右不能超过 0.5 m,高不能超过司机的视线。若叉车装卸集装箱等大型物件,视线阻挡时,应开倒车行驶。

(11) 工作完毕后,必须将车辆驶入指定的地点并做好车辆的清洁工作,按次序停放整齐。

(12) 车辆在行车途中如果发生交通事故,驾驶人员必须立即采取措施,进行抢救,保护现场。车辆不准移动位置,并及时报告有关部门(安全部门等)进行处理。

(13) 驾驶员应随车携带《特种设备作业人员证》以备检查。

(14) 按照制度,进行车辆的日常维护保养,并配合做好一、二级保养工作。驾驶员要认真钻研业务技术,不断提高操作技术水平,虚心学习先进经验,吸取事故教训,掌握安全行车的客观规律,做到一安、二严、三勤、四慢、五掌握。

一安:牢固树立安全第一的思想。

二严:严守交通规则,严守操作规程。

三勤:勤检查、勤调整、勤保养。

四慢:情况不明要慢,视线不良要慢,起步、会车、停车要慢,通过交叉路口、狭路、车间巷道要慢。

五掌握:掌握车辆技术状况,掌握道路情况,掌握气候影响,掌握车辆行驶状况,掌握行人活动特点。

每个厂内运输工作者要不断总结经验教训,摸索和掌握行车规律,加强责任心,确保安全运输。

四、叉车操作的安全规定

叉车是危险性较大的特种设备,驾驶员必须严格遵守各项操作规程,同时必须遵守本安全规定。

(1) 严禁无证驾驶操作。

(2) 严禁酒后操作,行驶中不准吸烟、饮食和闲谈。

(3) 叉车严禁载人、乘人,货叉升起后严禁在货叉下站人或穿越。

(4) 严禁人站在货叉上上下货或用货叉运载人员,也不允许人站在叉车后部或叉车转弯时位于后部回旋区内。

(5) 严禁用人代替平衡配重方法叉取超过额定载重量的货物。

(6) 严禁明火照明检查油箱的油量。在叉车周围应严格限制各种火源。

(7) 不准拆除作为安全防护装置的护顶架、挡货架等。

(8) 严禁在叉车启动的情况下进行维修、拆装零部件。修理时应严格遵守有关机动车辆修理的安全规定。

(9) 加油或检查蓄电池时,必须关断发动机和电源,严禁吸烟或有明火。

(10) 严禁单叉作业或用叉尖挑取货物、顶推、拉货。

(11) 严禁超载、超长、超宽和超高装载作业。

(12) 禁止开快车,禁止高速运载货物。

(13) 严禁将脚搁在离合器踏板上半联动行驶。

(14) 严禁在坡道上停车、转向和横穿斜坡。

(15) 严禁货叉超过 500 mm 运行。

(16) 侧移器叉车,在门架升高到 2.5 m 以上时,严禁使用侧移器。

(17) 严禁在司机座以外的位置上操纵车辆的属具。

(18) 严禁发动机缺润滑油和缺冷却水使用叉车。

(19) 工作一天后,应检查燃油箱,不仅可以驱出油箱内的潮气,而且防止湿气在夜间凝成的水珠溶于油液中。

(20) 两辆叉车同时装卸货物时,应有专人指挥。

(21) 高叉车在巷道作业时,该巷道不得有人。

(22) 严禁停车后发动机空转无人管,不允许将货物吊于空中,驾驶员离开驾驶座位置。

(23) 禁止"游戏式"、"追赶式"驾驶叉车。

五、危险物品的装卸运输安全

危险物品运输装卸,应特别小心,并严格做到以下几点:

(1)向托运单位了解所运危险品性质及注意事项,以便采取必要的安全措施。

(2)装载危险品的车辆,应在右前方插上一面标明"危险品"字样的黄旗,车上应有消防器具,要有导静电的接地装置或排气管上装好星火罩,严禁烟火上车。必须由具有5万km或3年以上的安全驾驶经历的驾驶员驾驶。

(3)装车时禁止震动,不准将货物拖、拉、翻滚或抛掷,应轻拿轻放。

(4)装车时应注意包装是否牢固,按标记要求切勿倒置;箱与箱之间要挤紧,以减少震动。

(5)车装好后,要用篷布盖严,注意防潮。

(6)装运炸药、雷管等易爆物品时,炸药与雷管必须分车装运,装载时必须小心轻放,切忌碰撞。装运的重量是额定载重量的1/3,不能在发动机工作时向油箱加油。

(7)行驶时不要急骤起步,紧急停车。开车时要平稳,转弯要减速,不要任意超车及高速行驶,要适当加大同向行车的距离,也不要在厂区内的非卸车点停车。

(8)运输有爆炸危险的设备必须有泄压装置,有可能回火的设备必须有阻止回火的装置才能装运。

(9)互相接触容易引起燃烧、爆炸的物品,不得混装在同一车辆内。

(10)装卸搬运各种化学危险品时,必须轻拿轻放。严禁撞击、重压、摩擦和倾倒,并带好必要的防护工具,工作完毕后要进行清洗消毒。

(11)各种气瓶的装卸、搬运,事先必须认真检查,对于缺少安全防护圈和瓶口螺帽及螺纹丝扣损坏两牙以上的,不准装运。装卸中严禁烟火、碰撞,不得接触油类。

（12）中途停车或装载时,应选择荫凉、离开火源和人群密集的地方,驾驶员不可离开车辆,不得让其他无关人员接近车辆。

（13）夏季装运危险品应避免在中午烈日下工作,必须装运时,要有遮阳设施,防止暴晒。

安全驾驶取决于您的驾驶态度,当您坐于驾驶座时,就必须有高度的安全驾驶意识和高度的责任感,一旦导致事故并非车辆而是您本人,请自觉遵守本安全操作规定。

第五节　机动车辆的安全防火常识

车祸是世界各国都面临的严重问题。由于车辆的燃料是各种易燃、易爆品,因此,伴随着车祸的往往是严重的火灾,重则人亡车毁,轻则人伤车损。车辆进入隧道、厂区更应高度重视,严防火灾事故。

一、机动车辆用油及其特性

1) 汽油

汽油属一级易燃液体,其闪点-58～10℃,密度 0.67～0.71 kg/m²,沸点 50～150℃,自燃点在 415～530℃,爆炸的极限 0.79%～5.16%,爆炸温度极限-39～8℃,发热量为 10 200～11 000 kcal/kg。汽油所含成分大多是碳氢化合物（含碳量在 80%以上）。汽油着火后,燃烧快、火势猛、浓烟大、温度高（可达 1 200℃）、辐射热强。其蒸气比空气重,接近地面飘流可达 30 m 远,遇明火就可能产生"回燃",引起使用汽油的地点着火。由于汽油蒸气有扩散的能力,能向四周扩散,当其与空气混合后,达到爆炸极限时,即形成爆炸混合物,遇火星就会发生爆炸,产生很高的压力,使建筑物和容器受到破坏,造成人员伤亡和物资毁损。因此,汽油在储存中,不能与爆炸物品、压缩气体和液化气体共存。

2）煤油

煤油是一种淡黄色或微青色透明的二级易燃液体。其闪点为28～45℃，沸点150～300℃，自燃点240～290℃，密度0.83 kg/m²，爆炸浓度极限为1.4%～7.5%，爆炸温度极限为27～86℃，发热量为9 900～11 000 kcal/kg，燃烧温度700～1 030℃。其蒸气和空气形成爆炸性混合物后，遇火星就会发生爆炸，给国家财产和人民生命带来危害。在储存中，煤油不能与爆炸物品、自燃物品、压缩气体和液化气体共存。

3）柴油

柴油是一种半透明黄色三级可燃液体，闪点60～110℃，自燃点350～380℃，密度0.80～0.87 kg/m²，爆炸浓度极限1.5%～3.5%。在平时使用和储存中，柴油的火灾危险性并不太大。但在炼油化工企业生产中，柴油在管道内密闭加热到380℃以上（达到柴油的自燃点），如果管道漏油，其喷出来的不是油而是火，因此在生产中属甲类危险品，火险较大。在储存中，应与爆炸物品、自燃物品、压缩气体和液化气体隔离储存。

二、车辆使用中的防火要求

1）防止静电引起燃烧

汽油在运输与灌注中，与其他物质摩擦会产生静电，如果容器不接地，静电会越积越多，有时电压可达数万伏，如果有汽油蒸气，很容易发生静电跳火引起火灾。

由于静电不易觉察，很容易被驾驶员疏忽。为防止静电着火，储存、灌注汽油的容器、管道和设备，都应安装接地装置。往油罐或油罐车装油时，输油管要插入油面以下或接近油罐的底部，以减少油料的冲击和空气的摩擦，输油速度不要太快。装卸或输送油料时，不要在油管出口处安装绸、毡滤剂。不能用汽油猛搓毛织物或人造纤维织物。运送油料的油罐车，必须有接地铁链。在装卸油时，除保证铁链接地外，还要将车上油罐的接地线插入地下，不得浅于 100 mm。

2）防止化油器回火引发火灾

车辆在行驶中，严禁在发动机运转时将汽油直接倒入化油器，以防化油器回火发生火灾。也不可以在发动机运转时往油箱里加油。

3）防止车辆交会摩擦

车辆在交会时，一定要减速缓行，注意避让，切忌高速违章，逞强争道。因为车辆碰擦，金属厢壁摩擦产生静电火，极易引燃汽油箱，造成火灾。

4）自制防冻液的防火

有些驾驶员用甘油或酒精掺水，自制防冻液罐注散热器，提高工效，但酒精型防冻液若使用不当，容易发生火灾事故。为了预防这类事故，可采取下面办法：

用一个金属罐头盒或塑料壶，下部接通散热器溢水管，盒（壶）中部略高于散热器最高水平面，固定悬挂近旁。这样，高温增压时，防冻液流进贮水盒。温度低缺液时，贮水又流回散热器，循环往来，周而复始，且不会发生火灾。

5）防止谷草缠绕引起火灾

车辆行驶时，要防止谷草、麦秆缠绕车轴，引起摩擦生热，点燃油箱，引起火灾。在车辆经过打麦场、晒草堆时，如发现车辆异常，必须停车检查，以防不测。

6）加油或汽油溢出时严禁明火照明

凡在夜晚或天色暗淡视线不佳情况下，不管车辆加油或停车修理，都不能用明火照明，以免引起火灾，这类事故极多，必须引起驾驶员高度重视。

7）备好灭火器

车辆在行驶中，应携带规定的消防器材，以便失火时自救。

8）预防蓄电池爆炸伤人

机动车辆一般装有蓄电池。蓄电池使用中,也会发生爆炸事故,故也应引起重视。一般情况下蓄电池爆炸有两种原因:

（1）通气孔阻塞:在行车或充电时,由于化学反应产生的气体膨胀,会使蓄电池外壳爆炸,致使硫酸电解液四处飞溅伤人。

（2）在车辆运行充电过程中,温度上升:在蓄电池化学反应中,大电流充放电,水被分解为氢气和氧气,这些气体累积到一定程度,稍遇火星,就会爆炸伤人。

为了预防爆炸,必须做到以下 4 点:

① 经常检查,保持蓄电池通气孔畅通无阻,电解液面应高出极板 10~15 mm。缺液时会使极板硫化,蓄电池早期损坏;多液时会使硫酸溶液外溢,污染电柱接头,造成电流短路。

② 经常清理电柱接头,清洁蓄电池表面,发现有绿色氧化物不易清洗时,可旋紧加液孔盖,塞好通气孔后,用热水冲洗干净,再疏通气孔,在电柱上涂抹黄油。

③ 不要随便在蓄电池电柱上刮火。

④ 用高效放电叉检查时,应先打开蓄电池的塞盖。

三、车辆失火的处理

车辆失火一般都是因明火造成。驾驶员一定要沉着冷静,积极自救。一般可采取以下措施:

（1）如车辆在危险区域着火（如人员密集区、加油站等）,应设法让车辆驶出危险区,如不在危险区,应尽力设法不启动车辆,因为开车时的风会加快燃烧。

（2）运送油料的槽车因油、气泄漏而失火,应采取紧急制漏和灭火措施,并立即向公安消防部门报警,尽力设法使油罐冷却,控制火势蔓延。

（3）一般车辆失火,驾驶员应立即切断油路,关闭油箱开关,关闭点火开关,防止电流助长火势。驾驶员要立即设法脱离驾驶室,因驾驶室内都是易燃物品。如门打不开,可从挡风玻璃处脱身。如身体已着火,要用身体猛压(就地打滚),要保护好暴露的皮肤,不要张嘴呼吸和高声喊叫,以防咽部灼伤。车辆燃油着火,不要用水浇或拍打的方法灭火,只能用沙、土压或棉篷布蒙盖使其窒息熄灭。

(4)装运危险品的车辆失火,或油箱失火时间较长,这时要注意车辆爆炸。当有爆炸危险时,应及时离开危险区,或就地卧倒。尽量选择爆炸物飞不进的死角躲避,如凹地、屋角、土坡等,不要使身体暴露在危险的空间中,以免遭到伤害。

第六节 特种设备作业人员
职业道德规范

道德,就是通过社会舆论、内心信念和传统习惯,主要以善恶、荣辱、正义和非正义等标准来评价人们的行为,调整人们之间以及个人与社会之间关系的行为原则和规范的总和。"道"一般指事物运动变化的规律,并引申为人们必须遵循的行为准则和规范。"德"指人们遵循准则和规范有所得。

职业,是指适应社会的需要而产生的人们在社会生产和社会生活中对社会所承担的一定职责和所从事的专门业务。

职业道德,是指一般社会道德在职业生活中的具体表现。它是指从事一定职业的人们在职业活动中应该遵循的道德规范的总和。

一、社会主义职业道德的基本准则和主要规范

(1)全心全意为人民服务。对人民极端负责是社会主义各行各业职业道德的核心和基本准则。

(2)热爱本职,忠于职守,发扬主人翁精神。热爱本职,就是热爱自己所从事的职业,具体表现在对职业的责任感、自豪感。忠

于职守,就是对所从事的工作自觉发挥积极性、主动性和创造性,认真负责并做好本职工作。

(3) 技术精益求精。工作优质高效是各行各业职业道德的共同要求。只有对技术精益求精,才能做好本职工作。

(4) 遵守劳动纪律。维护工作秩序是各行各业职业道德的共同规范,也是生产与工作顺利进行的基本条件和重要保证。

(5) 爱护公物。维护国家和集体利益是社会各行各业的职业道德的共同守则,是人们的一种美德。爱护公物是维护国家利益、集体利益的自觉性表现。

二、厂内机动车辆驾驶员职业道德规范

作为特种设备作业的厂内机动车辆驾驶员,具有良好的驾驶风格、品质是一个驾驶员具有高尚道德的具体表现。

驾驶员的职业道德是驾驶员的灵魂,它统率着驾驶员行车的全过程,它对运输装卸任务的完成起着重要的作用。具有良好职业道德的驾驶员,尽管有时驾驶操作技术还存在差距,但只要他正视自己的不足而努力钻研驾驶操作技术,在行车及装卸作业中谨慎小心,同样可以做到安全行车和装卸工作。

作为一名驾驶员,应不断加强自己的思想修养,严格遵守以下最基本的职业道德规范:

(1) 热爱本职,具有高度的主人翁劳动态度。厂内机动车辆驾驶员肩负着厂内运输装卸作业、建筑施工作业的重任,是整个企业生产工艺过程联系的纽带,是生产过程中不可分割的组成部分。每一个厂内机动车辆驾驶员都应该树立主人翁的劳动态度,忠于职守,以对国家、对集体、对人民高度负责的精神,忠实地履行本岗位的职责。

(2) 团结协作,顾全大局,树立集体主义思想。企业内每个员工都应当发扬团结协作的风格,相互关心、相互爱护、相互支持。厂内车辆驾驶员所从事的作业具有一定的危险性,在作业中除了

要加强自我安全检查保护外,更重要的是要时刻想到保护他人的生命安全和国家财产不受损失。这就要求每个厂内机动车辆驾驶员在进入较小的车间、仓库狭窄的通道作业时,要集中思想,加强对周围环境的观察瞭望,注意人与物的状况,确保他人的安全。

(3)遵守劳动纪律,维护生产秩序,具有高度的组织观念。遵守劳动纪律就是要遵守规定的劳动时间,做到上班不迟到,下班不早退,有事要请假。遵守劳动纪律还要做到服从领导分配,听从指挥,严格按照生产要求和工艺流程作业。每一个机动车辆驾驶员对分配给自己的运输装卸任务,都要尽职尽力,不讲条件,努力完成。

(4)牢固树立安全第一的思想及对人民负责的责任感。厂内机动车辆驾驶员不直接生产产品,而主要从事厂内运输装卸作业,企业内原料、半成品、成品的运输装卸、堆垛储存等作业中,安全始终放在首位。厂内机动车辆驾驶员一定要牢固树立安全第一的思想,做到文明运输装卸作业,制止各种不符合安全行为的野蛮装卸作业,这样才能保障员工的人身安全,保障国家财产免受损失。

(5)学习钻研新知识、新技术,提高操作技能。作为厂内机动车辆驾驶员,应具有较广泛的技术业务知识,不仅要懂驾驶技术,熟练地操作车辆,做到运输装卸作业的安全,同时要对车辆性能、结构、工作原理等有一个比较全面的了解,能够排除一般的故障。驾驶员必须做到"四懂"、"三好四会"、"三个过得硬"。

①"四懂":一要懂原理,对于车辆的每个主要结构的工作原理必须非常熟悉;二要懂构造,车辆由很多部件组合而成,作为驾驶员必须懂各部件的构造,熟悉其中的主要零部件;三要懂性能,各种厂内机动车辆均有其不同的工作性能,就叉车而言,不同型号及品牌的叉车亦具有不同的性能,懂得车辆的性能,就能熟练地驾驶和操作,有助于安全生产;四懂要交通法规,尽管大多数厂内机

动车辆不在厂外道路从事运输作业,但是在企业内运行同样必须按交通法规开好安全车。

②"三好四会":就是对车辆要用好、管好、保养好;会操作、会排故、会检测、会保修。

③"三个过得硬":一是安全设备过得硬,熟悉车辆上各种安全装置的用途,并正确使用,凡是车辆上的安全装置,不准拆除;二是操作技术过得硬,当车辆在运行特别是在装卸堆垛、铲运等作业中操作技术要熟练不误操作;三是在复杂情况下过得硬,在作业中无疑会遇到各种意外和复杂情况,此时要能冷静、正确判断分析不同类型的情况,做到正确处理,预防事故发生。

以主人翁的责任感,发扬奋发进取的精神,勤奋学习新技术和现代化科学文化知识,刻苦钻研生产技术,才能适应社会、经济和技术高速发展的需要。

学习文化知识,钻研生产新技术,要有锲而不舍、坚韧不拔的毅力和刻苦的精神。勇于攀登文化知识高峰的人,就一定能熟练掌握本职工作的操作技能,并且会有所创新,从而对我国现代化建设事业作出更多的贡献。

第七节 叉车操作安全知识

1. 持有操作证方可驾驶

2. 穿着注意安全

3. 设计工作流程

4. 定期维护保养叉车

5. 不要用手扶持货物

6. 转弯减速

7. 开车前门架要求

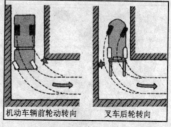

8. 注意机动车辆和叉车的不同

9. 视线不良应开照明灯

10. 调整货叉

11. 注意高度限制

12. 遵守限速规定

≤50 cm

13. 运行时门架高度要求

14. 空载在斜坡上行驶

15. 负载在斜坡上行驶

16. 头、手严禁离开驾驶位置

17. 严禁高速行驶时急转弯

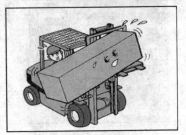

18. 禁止不平稳的操作

附录一 安全管理法律法规

特种设备安全监察条例

2003 年 3 月 11 日中华人民共和国国务院令第 373 号

第一章 总 则

第一条 为了加强特种设备的安全监察,防止和减少事故,保障人民群众生命和财产安全,促进经济发展,制定本条例。

第二条 本条例所称特种设备是指涉及生命安全、危险性较大的锅炉、压力容器(含气瓶,下同)、压力管道、电梯、起重机械、客运索道、大型游乐设施。

前款特种设备的目录由国务院负责特种设备安全监督管理的部门(以下简称国务院特种设备安全监督管理部门)制定,报国务院批准后执行。

第三条 特种设备的生产(含设计、制造、安装、改造、维修,下同)、使用、检验检测及其监督检查,应当遵守本条例,但本条例另有规定的除外。

军事装备、核设施、航空航天器、铁路机车、海上设施和船舶以及煤矿矿井使用的特种设备的安全监察不适用本条例。

房屋建筑工地和市政工程工地用起重机械的安装、使用的监督管理,由建设行政主管部门依照有关法律、法规的规定执行。

第四条 国务院特种设备安全监督管理部门负责全国特种设

备的安全监察工作,县以上地方负责特种设备安全监督管理的部门(以下统称特种设备安全监督管理部门)对本行政区域内特种设备实施安全监察。

第五条　特种设备生产、使用单位应当建立健全特种设备安全管理制度和岗位安全责任制度。

特种设备生产、使用单位的主要负责人应当对本单位特种设备的安全全面负责。

特种设备生产、使用单位和特种设备检验检测机构,应当接受特种设备安全监督管理部门依法进行的特种设备安全监察。

第六条　特种设备检验检测机构,应当依照本条例规定,进行检验检测工作,对其检验检测结果、鉴定结论承担法律责任。

第七条　县级以上地方人民政府应当督促、支持特种设备安全监督管理部门依法履行安全监察职责,对特种设备安全监察中存在的重大问题及时予以协调、解决。

第八条　国家鼓励推行科学的管理方法,采用先进技术,提高特种设备安全性能和管理水平,增强特种设备生产、使用单位防范事故的能力,对取得显著成绩的单位和个人,给予奖励。

第九条　任何单位和个人对违反本条例规定的行为,有权向特种设备安全监督管理部门和行政监察等有关部门举报。

特种设备安全监督管理部门应当建立特种设备安全监察举报制度,公布举报电话、信箱或者电子邮件地址,受理对特种设备生产、使用和检验检测违法行为的举报,并及时予以处理。

特种设备安全监督管理部门和行政监察等有关部门应当为举报人保密,并按照国家有关规定给予奖励。

第二章　特种设备的生产

第十条　特种设备生产单位,应当依照本条例规定以及国务院特种设备安全监督管理部门制定并公布的安全技术规范(以下简称安全技术规范)的要求,进行生产活动。

特种设备生产单位对其生产的特种设备的安全性能负责。

第十一条　压力容器的设计单位应当经国务院特种设备安全监督管理部门许可,方可从事压力容器的设计活动。

压力容器的设计单位应当具备下列条件:

(一)有与压力容器设计相适应的设计人员、设计审核人员;

(二)有与压力容器设计相适应的健全的管理制度和责任制度。

第十二条　锅炉、压力容器中的气瓶(以下简称气瓶)、氧舱和客运索道、大型游乐设施的设计文件,应当经国务院特种设备安全监督管理部门核准的检验检测机构鉴定,方可用于制造。

第十三条　按照安全技术规范的要求,应当进行型式试验的特种设备产品、部件或者试制特种设备新产品、新部件,必须进行整机或者部件的型式试验。

第十四条　锅炉、压力容器、电梯、起重机械、客运索道、大型游乐设施及其安全附件、安全保护装置的制造、安装、改造单位,以及压力管道用管子、管件、阀门、法兰、补偿器、安全保护装置等(以下简称压力管道元件)的制造单位,应当经国务院特种设备安全监督管理部门许可,方可从事相应的活动。

前款特种设备的制造、安装、改造单位应当具备下列条件:

(一)有与特种设备制造、安装、改造相适应的专业技术人员和技术工人;

(二)有与特种设备制造、安装、改造相适应的生产条件和检测手段;

(三)有健全的质量管理制度和责任制度。

第十五条　特种设备出厂时,应当附有安全技术规范要求的设计文件、产品质量合格证明、安装及使用维修说明、监督检验证明等文件。

第十六条　锅炉、压力容器、电梯、起重机械、客运索道、大型游乐设施的维修单位,应当有与特种设备维修相适应的专业技术人员和技术工人以及必要的检测手段,并经省、自治区、直辖市特种设备安全监督管理部门许可,方可从事相应的维修活动。

第十七条　锅炉、压力容器、起重机械、客运索道、大型游乐设施的安装、改造、维修,必须由依照本条例取得许可的单位进行。

电梯的安装、改造、维修,必须由电梯制造单位或者其通过合同委托、同意的依照本条例取得许可的单位进行。电梯制造单位对电梯质量以及安全运行涉及的质量问题负责。

特种设备安装、改造、维修的施工单位应当在施工前将拟进行的特种设备安装、改造、维修情况书面告知直辖市或者设区的市的特种设备安全监督管理部门,告知后即可施工。

第十八条　电梯井道的土建工程必须符合建筑工程质量要求。电梯安装施工过程中,电梯安装单位应当遵守施工现场的安全生产要求,落实现场安全防护措施。电梯安装施工过程中,施工现场的安全生产监督,由有关部门依照有关法律、行政法规的规定执行。

电梯安装施工过程中,电梯安装单位应当服从建筑施工总承包单位对施工现场的安全生产管理,并订立合同,明确各自的安全责任。

第十九条　电梯的制造、安装、改造和维修活动,必须严格遵守安全技术规范的要求。电梯制造单位委托或者同意其他单位进行电梯安装、改造、维修活动的,应当对其安装、改造、维修活动进行安全指导和监控。电梯的安装、改造、维修活动结束后,电梯制造单位应当按照安全技术规范的要求对电梯进行校验和调试,并对校验和调试的结果负责。

第二十条　锅炉、压力容器、电梯、起重机械、客运索道、大型游乐设施的安装、改造、维修竣工后,安装、改造、维修的施工单位应当在验收后 30 日内将有关技术资料移交使用单位。使用单位应当将其存入该特种设备的安全技术档案。

第二十一条　锅炉、压力容器、压力管道元件、起重机械、大型游乐设施的制造过程和锅炉、压力容器、电梯、起重机械、客运索道、大型游乐设施的安装、改造、重大维修过程，必须经国务院特种设备安全监督管理部门核准的检验检测机构按照安全技术规范的要求进行监督检验；未经监督检验合格的不得出厂或者交付使用。

第二十二条　气瓶充装单位应当经省、自治区、直辖市的特种设备安全监督管理部门许可，方可从事充装活动。

气瓶充装单位应当具备下列条件：

（一）有与气瓶充装和管理相适应的管理人员和技术人员；

（二）有与气瓶充装和管理相适应的充装设备、检测手段、场地厂房、器具，安全设施和一定的气体储存能力，并能够向使用者提供符合安全技术规范要求的气瓶；

（三）有健全的充装安全管理制度、责任制度、紧急处理措施。

气瓶充装单位应当对气瓶使用者安全使用气瓶进行指导，提供服务。

第三章　特种设备的使用

第二十三条　特种设备使用单位，应当严格执行本条例和有关安全生产的法律、行政法规的规定，保证特种设备的安全使用。

第二十四条　特种设备使用单位应当使用符合安全技术规范要求的特种设备。特种设备投入使用前，使用单位应当核对其是否附有本条例第十五条规定的相关文件。

第二十五条　特种设备在投入使用前或者投入使用后 30 日内，特种设备使用单位应当向直辖市或者设区的市的特种设备安全监督管理部门登记。登记标志应当置于或者附着于该特种设备的显著位置。

第二十六条　特种设备使用单位应当建立特种设备安全技术档案。安全技术档案应当包括以下内容：

（一）特种设备的设计文件、制造单位、产品质量合格证明、使用维护说明等文件以及安装技术文件和资料；

（二）特种设备的定期检验和定期自行检查的记录；

（三）特种设备的日常使用状况记录；

（四）特种设备及其安全附件、安全保护装置、测量调控装置及有关附属仪器仪表的日常维护保养记录；

（五）特种设备运行故障和事故记录。

第二十七条　特种设备使用单位应当对在用特种设备进行经常性日常维护保养，并定期自行检查。

特种设备使用单位对在用特种设备应当至少每月进行一次自行检查，并作出记录。特种设备使用单位在对在用特种设备进行自行检查和日常维护保养时发现异常情况的，应当及时处理。

特种设备使用单位应当对在用特种设备的安全附件、安全保护装置、测量调控装置及有关附属仪器仪表进行定期校验、检修，并作出记录。

第二十八条　特种设备使用单位应当按照安全技术规范的定期检验要求，在安全检验合格有效期届满前1个月向特种设备检验检测机构提出定期检验要求。

检验检测机构接到定期检验要求后，应当按照安全技术规范的要求及时进行检验。

未经定期检验或者检验不合格的特种设备，不得继续使用。

第二十九条　特种设备出现故障或者发生异常情况，使用单位应当对其进行全面检查，消除事故隐患后，方可重新投入使用。

第三十条　特种设备存在严重事故隐患，无改造、维修价值，或者超过安全技术规范规定使用年限，特种设备使用单位应当及时予以报废，并应当向原登记的特种设备安全监督管理部门办理注销。

第三十一条　特种设备使用单位应当制定特种设备的事故应急措施和救援预案。

第三十二条　电梯的日常维护保养必须由依照本条例取得许可的安装、改造、维修单位或者电梯制造单位进行。

电梯应当至少每 15 日进行一次清洁、润滑、调整和检查。

第三十三条　电梯的日常维护保养单位应当在维护保养中严格执行国家安全技术规范的要求，保证其维护保养的电梯的安全技术性能，并负责落实现场安全防护措施，保证施工安全。

电梯的日常维护保养单位，应当对其维护保养的电梯的安全性能负责。接到故障通知后，应当立即赶赴现场，并采取必要的应急救援措施。

第三十四条　电梯、客运索道、大型游乐设施等为公众提供服务的特种设备运营使用单位，应当设置特种设备安全管理机构或者配备专职的安全管理人员；其他特种设备使用单位，应当根据情况设置特种设备安全管理机构或者配备专职、兼职的安全管理人员。

特种设备的安全管理人员应当对特种设备使用状况进行经常性检查，发现问题的应当立即处理；情况紧急时，可以决定停止使用特种设备并及时报告本单位有关负责人。

第三十五条　客运索道、大型游乐设施的运营使用单位在客运索道、大型游乐设施每日投入使用前，应当进行试运行和例行安全检查，并对安全装置进行检查确认。

电梯、客运索道、大型游乐设施的运营使用单位应当将电梯、客运索道、大型游乐设施的安全注意事项和警示标志置于易于为乘客注意的显著位置。

第三十六条　客运索道、大型游乐设施的运营使用单位的主要负责人应当熟悉客运索道、大型游乐设施的相关安全知识，并全面负责客运索道、大型游乐设施的安全使用。

客运索道、大型游乐设施的运营使用单位的主要负责人至少应当每月召开一次会议，督促、检查客运索道、大型游乐设施的安全使用工作。

客运索道、大型游乐设施的运营使用单位，应当结合本单位的实际情况，配备相应数量的营救装备和急救物品。

第三十七条　电梯、客运索道、大型游乐设施的乘客应当遵守使用安全注意事项的要求，服从有关工作人员的指挥。

第三十八条　电梯投入使用后，电梯制造单位应当对其制造的电梯的安全运行情况进行跟踪调查和了解，对电梯的日常维护保养单位或者电梯的使用单位在安全运行方面存在的问题，提出改进建议，并提供必要的技术帮助。发现电梯存在严重事故隐患的，应当及时向特种设备安全监督管理部门报告。电梯制造单位对调查和了解的情况，应当作出记录。

第三十九条　锅炉、压力容器、电梯、起重机械、客运索道、大型游乐设施的作业人员及其相关管理人员（以下统称特种设备作业人员），应当按照国家有关规定经特种设备安全监督管理部门考核合格，取得国家统一格式的特种作业人员证书，方可从事相应的作业或者管理工作。

第四十条　特种设备使用单位应当对特种设备作业人员进行特种设备安全教育和培训，保证特种设备作业人员具备必要的特种设备安全作业知识。

特种设备作业人员在作业中应当严格执行特种设备的操作规程和有关的安全规章制度。

第四十一条　特种设备作业人员在作业过程中发现事故隐患或者其他不安全因素，应当立即向现场安全管理人员和单位有关负责人报告。

第四章　检验检测

第四十二条　从事本条例规定的监督检验、定期检验、型式试验检验检测工作的特种设备检验检测机构,应当经国务院特种设备安全监督管理部门核准。

特种设备使用单位设立的特种设备检验检测机构,经国务院特种设备安全监督管理部门核准,负责本单位一定范围内的特种设备定期检验、型式试验工作。

第四十三条　特种设备检验检测机构,应当具备下列条件:

(一)有与所从事的检验检测工作相适应的检验检测人员;

(二)有与所从事的检验检测工作相适应的检验检测仪器和设备;

(三)有健全的检验检测管理制度、检验检测责任制度。

第四十四条　特种设备的监督检验、定期检验和型式试验应当由依照本条例经核准的特种设备检验检测机构进行。

特种设备检验检测工作应当符合安全技术规范的要求。

第四十五条　从事本条例规定的监督检验、定期检验和型式试验的特种设备检验检测人员应当经国务院特种设备安全监督管理部门组织考核合格,取得检验检测人员证书,方可从事检验检测工作。

检验检测人员从事检验检测工作,必须在特种设备检验检测机构执业,但不得同时在两个以上检验检测机构中执业。

第四十六条　特种设备检验检测机构和检验检测人员进行特种设备检验检测,应当遵循诚信原则和方便企业的原则,为特种设备生产、使用单位提供可靠、便捷的检验检测服务。

特种设备检验检测机构和检验检测人员对涉及的被检验检测单位的商业秘密,负有保密义务。

第四十七条　特种设备检验检测机构和检验检测人员应当客

观、公正、及时地出具检验检测结果、鉴定结论。检验检测结果、鉴定结论经检验检测人员签字后，由检验检测机构负责人签署。

特种设备检验检测机构和检验检测人员对检验检测结果、鉴定结论负责。

国务院特种设备安全监督管理部门应当组织对特种设备检验检测机构的检验检测结果、鉴定结论进行监督抽查。县以上地方负责特种设备安全监督管理的部门在本行政区域内也可以组织监督抽查，但是要防止重复抽查。监督抽查结果应当向社会公布。

第四十八条　特种设备检验检测机构和检验检测人员不得从事特种设备的生产、销售，不得以其名义推荐或者监制、监销特种设备。

第四十九条　特种设备检验检测机构进行特种设备检验检测，发现严重事故隐患，应当及时告知特种设备使用单位，并立即向特种设备安全监督管理部门报告。

第五十条　特种设备检验检测机构和检验检测人员利用检验检测工作故意刁难特种设备生产、使用单位，特种设备生产、使用单位有权向特种设备安全监督管理部门投诉，接到投诉的特种设备安全监督管理部门应当及时进行调查处理。

第五章　监督检查

第五十一条　特种设备安全监督管理部门依照本条例规定，对特种设备生产、使用单位和检验检测机构实施安全监察。

对学校、幼儿园以及车站、客运码头、商场、体育场馆、展览馆、公园等公众聚集场所的特种设备，特种设备安全监督管理部门应当实施重点安全监察。

第五十二条　特种设备安全监督管理部门根据举报或者取得的涉嫌违法证据，对涉嫌违反本条例规定的行为进行查处时，可以行使下列职权：

（一）向特种设备生产、使用单位和检验检测机构的法定代表人、主要负责人和其他有关人员调查、了解与涉嫌从事违反本条例的生产、使用、检验检测有关情况；

（二）查阅、复制特种设备生产、使用单位和检验检测机构的有关合同、发票、账簿以及其他有关资料；

（三）对有证据表明不符合安全技术规范要求的或者有其他严重事故隐患的特种设备或者其主要部件，予以查封或者扣押。

第五十三条　依照本条例规定，实施许可、核准、登记的特种设备安全监督管理部门，应当严格依照本条例规定条件和安全技术规范要求对有关事项进行审查；不符合本条例规定条件和安全技术规范要求的，不得许可、核准、登记。

未依法取得许可、核准、登记的单位擅自从事特种设备的生产、使用或者检验检测活动的，特种设备安全监督管理部门应当予以取缔或者依法予以处理。

已经取得许可、核准、登记的特种设备的生产、使用单位和检验检测机构，特种设备安全监督管理部门发现其不再符合本条例规定条件和安全技术规范要求的，应当依法撤销原许可、核准、登记。

第五十四条　特种设备安全监督管理部门在办理本条例规定的有关行政审批事项时，其受理、审查、许可、核准的程序必须公开，并应当自受理申请之日起 30 日内，作出许可、核准或者不予许可、核准的决定；不予许可、核准的，应当书面向申请人说明理由。

第五十五条　地方各级特种设备安全监督管理部门不得以任何形式进行地方保护和地区封锁，不得对已经依照本条例规定在其他地方取得许可的特种设备生产单位重复进行许可，也不得要求对依照本条例规定在其他地方检验检测合格的特种设备，重复进行检验检测。

第五十六条　特种设备安全监督管理部门的安全监察人员

（以下简称特种设备安全监察人员）应当熟悉相关法律、法规、规章和安全技术规范，具有相应的专业知识和工作经验，并经国务院特种设备安全监督管理部门考核，取得特种设备安全监察人员证书。

特种设备安全监察人员应当忠于职守、坚持原则、秉公执法。

第五十七条　特种设备安全监督管理部门对特种设备生产、使用单位和检验检测机构实施安全监察时，应当有两名以上特种设备安全监察人员参加，并出示有效的特种设备安全监察人员证件。

第五十八条　特种设备安全监督管理部门对特种设备生产、使用单位和检验检测机构实施安全监察，应当对每次安全监察的内容、发现的问题及处理情况，作出记录，并由参加安全监察的特种设备安全监察人员和被检查单位的有关负责人签字后归档。被检查单位的有关负责人拒绝签字的，特种设备安全监察人员应当将情况记录在案。

第五十九条　特种设备安全监督管理部门对特种设备生产、使用单位和检验检测机构进行安全监察时，发现有违反本条例和安全技术规范的行为或者在用的特种设备存在事故隐患的，应当以书面形式发出特种设备安全监察指令，责令有关单位及时采取措施，予以改正或者消除事故隐患。紧急情况下需要采取紧急处置措施的，应当随后补发书面通知。

第六十条　特种设备安全监督管理部门对特种设备生产、使用单位和检验检测机构进行安全监察，发现重大违法行为或者严重事故隐患时，应当在采取必要措施的同时，及时向上级特种设备安全监督管理部门报告。接到报告的特种设备安全监督管理部门应当采取必要措施，及时予以处理。

对违法行为或者严重事故隐患的处理需要当地人民政府和有关部门的支持、配合时，特种设备安全监督管理部门应当报告当地人民政府，并通知其他有关部门。当地人民政府和其他有关部门应当采取必要措施,及时予以处理。

第六十一条 国务院特种设备安全监督管理部门和省、自治区、直辖市特种设备安全监督管理部门应当定期向社会公布特种设备安全状况。

公布特种设备安全状况,应当包括下列内容:

(一)在用的特种设备数量;

(二)特种设备事故的情况、特点、原因分析、防范对策;

(三)其他需要公布的情况。

第六十二条 特种设备发生事故,事故发生单位应当迅速采取有效措施,组织抢救,防止事故扩大,减少人员伤亡和财产损失,并按照国家有关规定,及时、如实地向负有安全生产监督管理职责的部门和特种设备安全监督管理部门等有关部门报告。不得隐瞒不报、谎报或者拖延不报。

第六十三条 特种设备发生事故的,按照国家有关规定进行事故调查,追究责任。

第六章 法律责任

第六十四条 未经许可,擅自从事压力容器设计活动的,由特种设备安全监督管理部门予以取缔,处5万元以上20万元以下罚款;有违法所得的,没收违法所得;触犯刑律的,对负有责任的主管人员和其他直接责任人员依照刑法关于非法经营罪或者其他罪的规定,依法追究刑事责任。

第六十五条 锅炉、气瓶、氧舱和客运索道、大型游乐设施的设计文件,未经国务院特种设备安全监督管理部门核准的检验检测机构鉴定,擅自用于制造的,由特种设备安全监督管理部门责令改正,没收非法制造的产品,处5万元以上20万元以下罚款;触犯刑律的,对负有责任的主管人员和其他直接责任人员依照刑法关于生产、销售伪劣产品罪、非法经营罪或者其他罪的规定,依法追究刑事责任。

第六十六条　按照安全技术规范的要求应当进行型式试验的特种设备产品、部件或者试制特种设备新产品、新部件，未进行整机或者部件型式试验的，由特种设备安全监督管理部门责令限期改正；逾期未改正的，处2万元以上10万元以下罚款。

第六十七条　未经许可，擅自从事锅炉、压力容器、电梯、起重机械、客运索道、大型游乐设施及其安全附件、安全保护装置的制造、安装、改造以及压力管道元件的制造活动的，由特种设备安全监督管理部门予以取缔，没收非法制造的产品，已经实施安装、改造的，责令恢复原状或者责令限期由取得许可的单位重新安装、改造，处5万元以上20万元以下罚款；触犯刑律的，对负有责任的主管人员和其他直接责任人员依照刑法关于生产、销售伪劣产品罪、非法经营罪、重大责任事故罪或者其他罪的规定，依法追究刑事责任。

第六十八条　特种设备出厂时，未按照安全技术规范的要求附有设计文件、产品质量合格证明、安装及使用维修说明、监督检验证明等文件的，由特种设备安全监督管理部门责令改正；情节严重的，责令停止生产、销售，处违法生产、销售货值金额30%以下罚款；有违法所得的，没收违法所得。

第六十九条　未经许可，擅自从事锅炉、压力容器、电梯、起重机械、客运索道、大型游乐设施的维修或者日常维护保养的，由特种设备安全监督管理部门予以取缔，处1万元以上5万元以下罚款；有违法所得的，没收违法所得；触犯刑律的，对负有责任的主管人员和其他直接责任人员依照刑法关于非法经营罪、重大责任事故罪或者其他罪的规定，依法追究刑事责任。

第七十条　锅炉、压力容器、电梯、起重机械、客运索道、大型游乐设施的安装、改造、维修的施工单位，在施工前未将拟进行的特种设备安装、改造、维修情况书面告知直辖市或者设区的市的特种设备安全监督管理部门即行施工的,或者在验收后 30 日内未将有关技术资料移交锅炉、压力容器、电梯、起重机械、客运索道、大型游乐设施的使用单位的,由特种设备安全监督管理部门责令限期改正;逾期未改正的,处 2000 元以上 1 万元以下罚款。

第七十一条　锅炉、压力容器、压力管道元件、起重机械、大型游乐设施的制造过程和锅炉、压力容器、电梯、起重机械、客运索道、大型游乐设施的安装、改造、重大维修过程,未经国务院特种设备安全监督管理部门核准的检验检测机构按照安全技术规范的要求进行监督检验,出厂或者交付使用的,由特种设备安全监督管理部门责令改正,没收违法生产、销售的产品,已经实施安装、改造或者重大维修的,责令限期进行监督检验,处 5 万元以上 20 万元以下的罚款;有违法所得的,没收违法所得;情节严重的,撤销制造、安装、改造或者维修单位已经取得的许可,并由工商行政管理部门吊销其营业执照;触犯刑律的,对负有责任的主管人员和其他直接责任人员依照刑法关于生产、销售伪劣产品罪、非法经营罪或者其他罪的规定,依法追究刑事责任。

第七十二条　未经许可,擅自从事气瓶充装活动的,由特种设备安全监督管理部门予以取缔,没收违法充装的气瓶,处 5 万元以上 20 万元以下罚款;有违法所得的,没收违法所得;触犯刑律的,对负有责任的主管人员和其他直接责任人员依照刑法关于非法经营罪或者其他罪的规定,依法追究刑事责任。

第七十三条　电梯制造单位有下列情形之一的,由特种设备安全监督管理部门责令限期改正;逾期未改正的,予以通报批评:

(一) 未依照本条例第十九条的规定对电梯进行校验、调试的;

(二) 对电梯的安全运行情况进行跟踪调查和了解时,发现存在严重事故隐患,未及时向特种设备安全监督管理部门报告的。

第七十四条　特种设备使用单位有下列情形之一的,由特种设备安全监督管理部门责令限期改正；逾期未改正的，处 2000 元以上 2 万元以下罚款；情节严重的，责令停止使用或者停产停业整顿：

（一）特种设备投入使用前或者投入使用后 30 日内，未向特种设备安全监督管理部门登记，擅自将其投入使用的；

（二）未依照本条例第二十六条的规定，建立特种设备安全技术档案的；

（三）未依照本条例第二十七条的规定，对在用特种设备进行经常性日常维护保养和定期自行检查的，或者对在用特种设备的安全附件、安全保护装置、测量调控装置及有关附属仪器仪表进行定期校验、检修，并作出记录的；

（四）未按照安全技术规范的定期检验要求，在安全检验合格有效期届满前 1 个月向特种设备检验检测机构提出定期检验要求的；

（五）使用未经定期检验或者检验不合格的特种设备的；

（六）特种设备出现故障或者发生异常情况，未对其进行全面检查、消除事故隐患，继续投入使用的；

（七）未制定特种设备的事故应急措施和救援预案的；

（八）未依照本条例第三十二条第二款的规定，对电梯进行清洁、润滑、调整和检查的。

第七十五条　特种设备存在严重事故隐患，无改造、维修价值，或者超过安全技术规范规定的使用年限，特种设备使用单位未予以报废，并向原登记的特种设备安全监督管理部门办理注销的，由特种设备安全监督管理部门责令限期改正；逾期未改正的，处 5 万元以上 20 万以下罚款。

第七十六条　电梯、客运索道、大型游乐设施的运营使用单位有下列情形之一的，由特种设备安全监督管理部门责令限期改正；逾期未改正的，责令停止使用或者停产停业整顿，处 1 万元以上 5

万元以下罚款：

（一）客运索道、大型游乐设施每日投入使用前，未进行试运行和例行安全检查，并对安全装置进行检查确认的；

（二）未将电梯、客运索道、大型游乐设施的安全注意事项和警示标志置于易于为乘客注意的显著位置的。

第七十七条　特种设备使用单位有下列情形之一的，由特种设备安全监督管理部门责令限期改正；逾期未改正的，责令停止使用或者停产停业整顿，处 2000 元以上 2 万元以下罚款：

（一）未依照本条例规定设置特种设备安全管理机构或者配备专职、兼职的安全管理人员的；

（二）从事特种设备作业的人员，未取得相应特种设备作业人员证书，上岗作业的；

（三）未对特种设备作业人员进行特种设备安全教育和培训的。

第七十八条　特种设备使用单位的主要负责人在本单位发生重大特种设备事故时，不立即组织抢救或者在事故调查处理期间擅离职守或者逃匿的，给予降职、撤职的处分；触犯刑律的，依照刑法关于重大责任事故罪或其他罪的规定，依法追究刑事责任。

特种设备使用单位的主要负责人对特种设备事故隐瞒不报、谎报或者拖延不报的，依照前款规定处罚。

第七十九条　特种设备作业人员违反特种设备的操作规程和有关的安全规章制度操作，或者在作业过程中发现事故隐患或者其他不安全因素，未立即向现场安全管理人员和单位有关负责人报告的，由特种设备使用单位给予批评教育、处分；触犯刑律的，依照刑法关于重大责任事故罪或其他罪的规定，依法追究刑事责任。

第八十条　未经核准，擅自从事本条例所规定的监督检验、定期检验、型式试验等检验检测活动的，由特种设备安全监督管理部门予以取缔,处 5 万元以上 20 万元以下罚款;有违法所得的,没收违法所得;触犯刑律的,对负有责任的主管人员和其他直接责任人员依照刑法关于非法经营罪或其他罪的规定,依法追究刑事责任。

第八十一条 特种设备检验检测机构,有下列情形之一的,由特种设备安全监督管理部门处 2 万元以上 10 万元以下罚款;情节严重的,撤销其检验检测资格:

(一) 检验检测工作不符合安全技术规范的要求;

(二) 聘用未经特种设备安全监督管理部门组织考核合格并取得检验检测人员证书的人员,从事相关检验检测工作的;

(三) 在进行特种设备检验检测中,发现严重事故隐患,未及时告知特种设备使用单位,并立即向特种设备安全监督管理部门报告的。

第八十二条 特种设备检验检测机构和检验检测人员,出具虚假的检验检测结果、鉴定结论或者检验检测结果、鉴定结论严重失实的,由特种设备安全监督管理部门对检验检测机构没收违法所得,处 5 万元以上 20 万元以下罚款,情节严重的,撤销其检验检测资格;对检验检测人员处 5000 元以上 5 万元以下罚款,情节严重的,撤销其检验检测资格,触犯刑律的,依照刑法关于中介组织人员提供虚假证明文件罪、中介组织人员出具证明文件重大失实罪或者其他罪的规定,依法追究刑事责任。

特种设备检验检测机构和检验检测人员,出具虚假的检验检测结果、鉴定结论或者检验检测结果、鉴定结论严重失实,造成损害的,应当承担赔偿责任。

第八十三条 特种设备检验检测机构或者检验检测人员从事特种设备的生产、销售,或者以其名义推荐或者监制、监销特种设备的,由特种设备安全监督管理部门撤销特种设备检验检测机构和检验检测人员的资格,处 5 万元以上 20 万元以下罚款;有违法所得的,没收违法所得。

第八十四条 特种设备检验检测机构和检验检测人员利用检验检测工作故意刁难特种设备生产、使用单位，由特种设备安全监督管理部门责令改正；拒不改正的，撤销其检验检测资格。

第八十五条 检验检测人员，从事检验检测工作，不在特种设备检验检测机构执业或者同时在两个以上检验检测机构中执业的，由特种设备安全监督管理部门责令改正，情节严重的，给予停止执业6个月以上2年以下的处罚；有违法所得的，没收违法所得。

第八十六条 特种设备安全监督管理部门及其特种设备安全监察人员，有下列违法行为之一的，对直接负责的主管人员和其他直接责任人员，依法给予降级或者撤职的行政处分；触犯刑律的，依照刑法关于受贿罪、滥用职权罪、玩忽职守罪或其他罪的规定，依法追究刑事责任：

（一）不按照本条例规定的条件和安全技术规范要求，实施许可、核准、登记的；

（二）发现未经许可、核准、登记擅自从事特种设备的生产、使用或者检验检测活动不予取缔或者不依法予以处理的；

（三）发现特种设备生产、使用单位不再具备本条例规定的条件而不撤销其原许可，或者发现特种设备生产、使用违法行为不予查处的；

（四）发现特种设备检验检测机构不再具备本条例规定的条件而不撤销其原核准，或者对其出具虚假的检验检测结果、鉴定结论或者检验检测结果、鉴定结论严重失实的行为不予查处的；

（五）对依照本条例规定在其他地方取得许可的特种设备生产单位重复进行许可，或者对依照本条例规定在其他地方检验检测合格的特种设备，重复进行检验检测的；

（六）发现有违反本条例和安全技术规范的行为或者在用的特种设备存在严重事故隐患，不立即处理的；

（七）发现重大的违法行为或者严重事故隐患，未及时向上级特种设备安全监督管理部门报告，或者接到报告的特种设备安全监督管理部门不立即处理的。

第八十七条　特种设备的生产、使用单位或者检验检测机构，拒不接受特种设备安全监督管理部门依法实施的安全监察的，由特种设备安全监督管理部门责令限期改正；逾期未改正的，责令停产停业整顿，处 2 万元以上 10 万元以下的罚款；触犯刑律的，依照刑法关于妨害公务罪或其他罪的规定，依法追究刑事责任。

第七章　附　则

第八十八条　本条例下列用语的含义是：

锅炉，是指利用各种燃料、电或者其他能源，将所盛装的液体加热到一定的参数，并承载一定压力的密闭设备，其范围规定为容积大于或者等于 30 L 的承压蒸汽锅炉；出口水压大于或者等于 0.1 MPa（表压），且额定功率大于或者等于 0.1 MW 的承压热水锅炉；有机热载体锅炉。

压力容器，是指盛装气体或者液体，承载一定压力的密闭设备，其范围规定为最高工作压力大于或者等于 0.1 MPa（表压），且压力与容积的乘积大于或者等于 2.5 MPa·L 的气体、液化气体和最高工作温度高于或者等于标准沸点的液体的固定式容器和移动式容器；盛装公称工作压力大于或者等于 0.2 MPa（表压），且压力与容积的乘积大于或者等于 1.0 MPa·L 的气体、液化气体和标准沸点等于或者低于 60℃ 液体的气瓶；氧舱等。

压力管道，是指利用一定的压力，用于输送气体或者液体的管状设备，其范围规定为最高工作压力大于或者等于 0.1 MPa（表压）的气体、液化气体、蒸汽介质或者可燃、易爆、有毒、有腐蚀性、最高工作温度高于或者等于标准沸点的液体介质，且公称直径大于 25 mm 的管道。

电梯，是指动力驱动，利用沿刚性导轨运行的箱体或者沿固定线路运行的梯级（踏步），进行升降或者平行运送人、货物的机电设备，包括载人（货）电梯、自动扶梯、自动人行道等。

起重机械，是指用于垂直升降或者垂直升降并水平移动重物的机电设备，其范围规定为额定起重量大于或者等于 0.5 t 的升降机；额定起重量大于或者等于 1 t，且提升高度大于或者等于 2 m 的起重机和承重形式固定的电动葫芦等。

客运索道，是指动力驱动，利用柔性绳索牵引箱体等运载工具运送人员的机电设备，包括客运架空索道、客运缆车、客运拖牵索道等。

大型游乐设施，是指用于经营目的，承载乘客游乐的设施，其范围规定为设计最大运行线速度大于或者等于 2 m/s，或者运行高度距地面高于或者等于 2 m 的载人大型游乐设施。

特种设备包括其附属的安全附件、安全保护装置和与安全保护装置相关的设施。

第八十九条　压力管道设计、安装、使用的安全监督管理办法由国务院另行制定。

第九十条　特种设备检验检测机构依照本条例规定实施检验检测，收取费用，依照国家有关规定执行。

第九十一条　本条例自 2003 年 6 月 1 日起施行。1982 年 2 月 6 日国务院发布的《锅炉压力容器安全监察暂行条例》同时废止。

中华人民共和国
国家质量监督检验检疫总局令第 70 号

《特种设备作业人员监督管理办法》经 2004 年 12 月 24 日国家质量监督检验检疫总局局务会议审议通过,现予公布,自 2005 年 7 月 1 日起施行。

局长:李长江

二○○五年一月十日

特种设备作业人员监督管理办法

第一章 总 则

第一条 为了加强特种设备作业人员监督管理工作,规范作业人员考核发证程序,保障特种设备安全运行,根据《中华人民共和国行政许可法》、《特种设备安全监察条例》和《国务院对确需保留的行政审批项目设定行政许可的决定》,制定本办法。

第二条 锅炉、压力容器(含气瓶)、压力管道、电梯、起重机械、客运索道、大型游乐设施、场(厂)内机动车辆等特种设备的作业人员及其相关管理人员统称特种设备作业人员。特种设备作业人员作业种类与项目目录见本办法附件。

从事特种设备作业的人员应当按照本办法的规定,经考核合格取得《特种设备作业人员证》,方可从事相应的作业或者管理工作。

第三条 国家质量监督检验检疫总局(以下简称国家质检总局)负责全国特种设备作业人员的监督管理,县以上质量技术监督部门负责本辖区内的特种设备作业人员的监督管理。

第四条 申请《特种设备作业人员证》的人员,应当首先向发证部门指定的特种设备作业人员考试机构（以下简称考试机构）报名参加考试；经考试合格，凭考试结果和相关材料向发证部门申请审核、发证。

第五条　特种设备生产、使用单位（以下统称用人单位）应当聘（雇）用取得《特种设备作业人员证》的人员从事相关管理和作业工作，并对作业人员进行严格管理。

特种设备作业人员应当持证上岗，按章操作，发现隐患及时处置或者报告。

第二章　考试和审核发证程序

第六条　特种设备作业人员考核发证工作由县以上质量技术监督部门分级负责，具体分级范围由省级质量技术监督部门决定，并在本省范围内公布。

对于数量较少的压力容器和压力管道带压密封、氧舱维护、长输管道安全管理、客运索道作业及管理、大型游乐设施安装作业及管理等作业人员的考核发证工作，由国家质检总局确定考试机构，统一组织考试，由设备所在地质量技术监督部门审核、发证。

第七条　特种设备作业人员考试机构应当具备相应的场所、设备、师资、监考人员以及健全的考试管理制度等必备条件和能力，经发证部门批准，方可承担考试工作。

发证部门应当对考试机构进行监督，发现问题及时处理。

第八条　特种设备作业人员考试和审核发证程序包括：考试报名、考试、领证申请、受理、审核、发证。

第九条　发证部门和考试机构应当在办公处所公布本办法、考试和审核发证程序、考试作业人员种类、报考具体条件、收费依据和标准、考试机构名称及地点、考试计划等事项。其中，考试报名时间、考试科目、考试地点、考试时间等具体考试计划事项，应当在举行考试之日 2 个月前公布。

有条件的应当在有关网站、新闻媒体上公布。

第十条 申请《特种设备作业人员证》的人员应当符合下列条件：

（一）年龄在 18 周岁以上；

（二）身体健康并满足申请从事的作业种类对身体的特殊要求；

（三）有与申请作业种类相适应的文化程度；

（四）有与申请作业种类相适应的工作经历；

（五）具有相应的安全技术知识与技能；

（六）符合安全技术规范规定的其他要求；

作业人员的具体条件应当按照相关安全技术规范的规定执行。

第十一条 用人单位应当加强作业人员安全教育和培训，保证特种设备作业人员具备必要的特种设备安全作业知识、作业技能和及时进行知识更新。没有培训能力的，可以委托发证部门组织进行培训。

作业人员培训的内容按照国家质检总局制定的相关作业人员培训考核大纲等安全技术规范执行。

第十二条 符合条件的申请人员应当向考试机构提交有关证明材料，报名参加考试。

第十三条 考试机构应当制定和认真落实特种设备作业人员的考试组织工作的各项规章制度，严格按照公开、公正、公平的原则，组织实施特种设备作业人员的考试，确保考试工作质量。

第十四条 考试结束后，考试机构应当在 20 个工作日内将考试结果告知申请人，并公布考试成绩。

第十五条 考试合格的人员，凭考试结果通知单和其他相关证明材料，向发证部门申请办理《特种设备作业人员证》。

第十六条 发证部门应当在 5 个工作日内对报送材料进行审

查,或者告知申请人补正申请材料,并作出是否受理的决定。能够当场审查的,应当当场办理。

第十七条 对同意受理的申请,发证部门应当在20个工作日内完成审核批准手续。准予发证的,在10个工作日内向申请人颁发《特种设备作业人员证》;不予发证的,应当书面说明理由。

第十八条 特种设备作业人员考核发证工作遵循便民、公开、高效的原则。为方便申请人办理考核发证事项,发证部门可以将受理和发放证书的地点设在考试报名地点,并在报名考试时委托考试机构对申请人是否符合报考条件进行审查,考试合格后发证部门可以直接办理受理手续和审核、发证事项。

第三章 证书使用及监督管理

第十九条 持有《特种设备作业人员证》的人员,必须经用人单位的法定代表人(负责人)或者其授权人雇(聘)用后,方可在许可的项目范围内作业。

第二十条 用人单位应当加强对特种设备作业现场和作业人员的管理,履行下列义务:

(一)制定特种设备操作规程和有关安全管理制度;

(二)聘用持证作业人员,并建立特种设备作业人员管理档案;

(三)对作业人员进行安全教育和培训;

(四)确保持证上岗和按章操作;

(五)提供必要的安全作业条件;

(六)其他规定的义务。

第二十一条 特种设备作业人员应当遵守以下规定:

(一)作业时随身携带证件,并自觉接受用人单位的安全管理和质量技术监督部门的监督检查;

(二)积极参加特种设备安全教育和安全技术培训;

（三）严格执行特种设备操作规程和有关安全规章制度；

（四）拒绝违章指挥；

（五）发现事故隐患或者不安全因素应当立即向现场管理人员和单位有关负责人报告；

（六）其他有关规定。

第二十二条　《特种设备作业人员证》每 2 年复审一次。持证人员应当在复审期满 3 个月前，向发证部门提出复审申请。复审合格的，由发证部门在证书正本上签章。对在 2 年内无违规、违法等不良记录，并按时参加安全培训的，应当按照有关安全技术规范的规定延长复审期限。

复审不合格的应当重新参加考试。逾期未申请复审或考试不合格的，其《特种设备作业人员证》予以注销。

跨地区从业的特种设备作业人员，可以向从业所在地的发证部门申请复审。

第二十三条　《特种设备作业人员证》遗失或者损毁的，持证人应当及时报告发证部门，并在当地媒体予以公告。查证属实的，由发证部门补办证书。

第二十四条　任何单位和个人不得非法印制、伪造、涂改、倒卖、出租或者出借《特种设备作业人员证》。

第二十五条　各级质量技术监督部门应当对特种设备作业活动进行监督检查，查处违法作业行为。

第二十六条　发证部门应当加强对考试机构的监督管理，及时纠正违规行为，必要时应当派人现场监督考试的有关活动。

第二十七条　发证部门要建立特种设备作业人员监督管理档案，记录考核发证、复审和监督检查的情况。发证、复审及监督检查情况要定期向社会公布。

第二十八条　特种设备作业人员考试报名、考试、领证申请、受理、审核、发证等环节的具体规定，以及考试机构的设立、《特种设备作业人员证》的注销和复审等事项,按照国家质检总局制定的特种设备作业人员考核规则等安全技术规范执行。

第四章 罚 则

第二十九条 申请人隐瞒有关情况或者提供虚假材料申请《特种设备作业人员证》的,不予受理或者不予批准发证,并在1年内不得再次申请《特种设备作业人员证》。

第三十条 有下列情形之一的,应当吊销《特种设备作业人员证》:

(一)持证作业人员以考试作弊或者以其他欺骗方式取得《特种设备作业人员证》的;

(二)持证作业人员违章操作或者管理造成特种设备事故的;

(三)持证作业人员发现事故隐患或者其他不安全因素未立即报告造成特种设备事故的;

(四)持证作业人员逾期不申请复审或者复审不合格且不参加考试的;

(五)考试机构或者发证部门工作人员滥用职权、玩忽职守、违反法定程序或者超越发证范围考核发证的。

违反前款第(一)、(二)、(三)、(四)项规定的,持证人3年内不得再次申请《特种设备作业人员证》;违反前款第(二)、(三)项规定,造成特大事故的,终身不得申请《特种设备作业人员证》。

第三十一条 有下列情形之一的,责令用人单位改正,并处1000元以上3万元以下罚款:

(一)违章指挥特种设备作业的;

(二)作业人员违反特种设备的操作规程和有关的安全规章制度操作,或者在作业进程中发现事故隐患或者其他不安全因素未立即向现场管理人员和单位有关负责人报告,用人单位未给予批评教育或者处分的。

第三十二条　非法印制、伪造、涂改、倒卖、出租、出借《特种设备作业人员证》,或者使用非法印制、伪造、涂改、倒卖、出租、出借《特种设备作业人员证》的,处 1000 元以下罚款;构成犯罪的,依法追究刑事责任。

第三十三条　发证部门未按规定程序组织考试和审核发证,或者发证部门未对考试机构严格监督管理影响特种设备作业人员考试质量的,由上一级发证部门责令整改;情节严重的,其负责的特种设备作业人员的考核工作由上一级发证部门组织实施。

第三十四条　考试机构未按规定程序组织考试工作,责令整改;情节严重的,暂停或者撤销其批准。

第三十五条　发证部门或者考试机构工作人员滥用职权、玩忽职守、以权谋私的,应当依法给予行政处分;构成犯罪的,依法追究刑事责任。

第三十六条　作业人员未取得《特种设备作业人员证》上岗作业,或者用人单位未对特种设备作业人员进行安全教育和培训的,按照《特种设备安全监察条例》第七十七条的规定对用人单位予以处罚。

第五章　附　则

第三十七条　《特种设备作业人员证》的格式、印制等事项由国家质检总局统一规定。

第三十八条　考核收费按照国家有关规定执行。

第三十九条　本办法不适用于从事房屋建筑工地和市政工程工地起重机械作业及其相关管理的人员。

第四十条　本办法由国家质检总局负责解释。

第四十一条　本办法自 2005 年 7 月 1 日起施行。原有规定与本办法要求不一致的,以本办法为准。

特种设备注册登记与使用管理规则

2001 年 4 月 9 日国家质量技术监督局

质技监局锅发〔2001〕57 号

第一条 为加强和规范特种设备使用环节的管理,防止和减少特种设备事故的发生,根据《特种设备质量监督与安全监察规定》(国家质量技术监督局令第 13 号,以下简称 13 号令),制定本规则。

第二条 本规则适用于电梯、起重机械、厂内机动车辆、客运索道、游艺机和游乐设施等特种设备的注册登记与使用管理。特种设备的安装、使用、维修保养、改造和检验等单位必须执行本规则。

第三条 各级质量技术监督行政部门负责特种设备安全监察的机构(以下简称特种设备安全监察机构),按照 13 号令和本规则的规定,负责本辖区内特种设备的注册登记与使用管理的安全监察。

第四条 从事特种设备型式试验、验收检验和定期检验等监督检验工作的技术机构(以下简称监督检验机构),必须经省级以上(含省级,下同)质量技术监督行政部门的资格认可和授权。客运索道、游艺机和游乐设施的监督检验机构,必须经国家质量技术监督局的资格认可和授权。

第五条 本规则部分用语的定义:

1.“使用单位”是指具有在用特种设备管理权利和管理义务的单位或个人。其既可以是特种设备产权所有者,也可以是受特种设备产权所有者委托,具有一年以上在用特种设备管理权利和管理义务者。

2. "大修"是指需要通过拆卸或者更新主要受力结构部件才能完成的修理业务,亦包括对机构(传动系统)或者控制系统进行整体修理的业务,但大修后特种设备的性能参数与技术指标不应变更。

3. "改造"是指改变原特种设备受力结构、机构(传动系统)或控制系统,致使特种设备的性能参数与技术指标发生变更的业务。

第六条　使用单位新增并投入使用的特种设备,必须符合国家有关法规和强制性标准的要求。

第七条　安装、大修、改造特种设备前,使用单位必须持有关资料,到所在地区的地、市级以上(含地、市级,下同)特种设备安全监察机构备案。备案时,使用单位需持以下资料:

一、中文使用说明书、产品合格证和型式试验报告(必要时);

二、安装、大修、改造特种设备的施工项目合同;

三、项目施工单位的《特种设备安装改造维修保养资格证》;

四、项目施工方案及其安全防护措施;

五、配套土建基础的技术图样等资料(仅限客运索道与存在配套土建基础的游艺机和游乐设施必须提供);

六、改造项目或者安装客运索道及附录2所列游艺机和游乐设施的项目,必须提供由规定的监督检验机构出具的设计审查报告;

七、客运索道、游艺机和游乐设施的安装项目,必须有建设项目主管部门的审批报告;

八、使用单位和安装、大修、改造项目承担者的名称、地址、邮政编码、法定代表人与负责人的联系电话等通讯资料。

第八条　特种设备安全监察机构接到备案资料后,应当严格按照有关法规和标准进行审查并在10个工作日内完成。

资料齐全并符合要求的,发给使用单位《特种设备注册登记表》(每台2份)。不符合国家有关法规或者标准要求的,特种设备安全监察机构应当提出纠正意见,纠正工作完成后,方准许施工。10个工作日内未提出纠正意见的,视为准许施工。

第九条　特种设备安装、大修、改造后,施工单位必须根据国家有关法规和标准的要求,对设备的质量和安全技术性能进行自检合格并出具自检报告后,方能交付使用单位。由使用单位向规定的监督检验机构申请验收检验。

新增无需现场安装的特种设备,备案后,使用单位即可向规定的监督检验机构申请验收检验。

客运索道验收检验前,使用单位应向所在地省级特种设备安全监察机构提出运营申请报告,经该机构对客运索道使用单位的安全管理审查合格并填写《客运索道安全管理审查表》后,方能向国家客运索道监督检验机构申请验收检验。

第十条　使用单位向监督检验机构申请验收检验时,应当提供以下资料:

一、《特种设备注册登记表》(每台2份);

二、改变原施工方案进行施工及有关隐蔽工程的施工情况记录;

三、试运行记录;

四、施工单位自检报告(新增无需现场安装的除外);

五、配套土建工程的验收证明(仅限客运索道与存在配套土建基础的游艺机和游乐设施必须提供);

六、《客运索道安全管理审查表》(仅限客运索道)。

第十一条　监督检验机构收到验收检验申请后,必须在10个工作日内安排检验工作。完成验收检验后,必须在10个工作日内出具验收检验报告。检验合格者,发给加盖统一规格钢印的特种设备《安全检验合格》标志。该标志有效期自签发验收检验或者定期检验报告之日计算。客运索道经验收检验合格者,还应当发给《客运索道安全检验合格证》。

对无需现场安装的特种设备,凡有连续 5 年以上(含 5 年)验收检验合格记录企业制造的定型产品,经监督检验机构检验员确认其安全技术性能合格的,可以免于验收检验,但监督检验机构必须在《特种设备注册登记表》上签署意见和加盖印章,并发给加盖统一规格钢印的特种设备《安全检验合格》标志。该标志有效期自监督检验机构签署免检意见之日起计算。

第十二条　特种设备验收检验合格后,施工单位必须将设备使用说明书、产品合格证、型式试验报告、配套土建基础技术图样等有关技术文件和资料,移交使用单位存入特种设备技术档案。

第十三条　新增特种设备在投入使用前,使用单位必须到所在地区的地、市级以上特种设备安全监察机构办理注册手续,注册登记后,才可以投入使用。办理注册登记时,应当提供以下资料:

一、《特种设备注册登记表》(每台 2 份);

二、验收检验报告和《安全检验合格》标志;

三、操作人员的《特种设备作业人员资格证》;

四、与维修保养单位签订的维修保养合同,或者是制造企业对新增特种设备提供免费维修保养的证明文件,或者与本单位取得特种设备维修保养资格的人员签订的维修保养责任书;

五、维修保养单位的《特种设备安装改造维修保养资格证》或者本单位维修保养人员的《特种设备作业人员资格证》;

六、使用和运营的安全管理制度。

当由制造企业提供免费维修保养且其期限达到时,必须向注册登记机构补报本条第五款规定的维修保养合同或者维修保养责任书。

第十四条　收到注册登记申请的特种设备安全监察机构,必须在 5 个工作日内完成查验资料工作,符合 13 号令及本规则规定的,应在《特种设备注册登记表》上填写有关内容。注册登记后,特种设备安全监察机构应将一份《特种设备注册登记表》交由使用单位存档,另保留一份在本单位存档。厂内机动车辆完成注册登记后,还应当核发厂内机动车辆牌照。

第十五条　使用单位必须将特种设备《安全检验合格》标志及相关牌照和证书固定在规定的位置上。《安全检验合格》标志超过有效期或者未按照规定张挂《安全检验合格》标志的特种设备不得使用。

第十六条　使用单位必须指定专人负责特种设备的安全管理工作(以下称为"安全管理人")。安全管理人员应当掌握相关的安全技术知识,熟悉有关特种设备的法规和标准,并履行以下职责:

一、检查和纠正特种设备使用中的违章行为;

二、管理特种设备技术档案;

三、编制常规检查计划并组织落实;

四、编制定期检验计划并落实定期检验的报检工作;

五、组织紧急救援演习;

六、组织特种设备作业人员的培训工作。

第十七条　使用单位必须制定以岗位责任制为核心的特种设备使用和运营的安全管理制度,并予以严格执行。安全管理制度至少应当包括:

一、各种相关人员的职责;

二、操作人员守则;

三、安全操作规程;

四、常规检查制度;

五、维修保养制度;

六、定期报检制度;

七、作业人员及相关运营服务人员的培训考核制度;

八、意外事件和事故的紧急救援措施及紧急救援演习制度;

九、技术档案管理制度。

第十八条　使用单位应当严格执行特种设备年检、月检、日检等常规检查制度,发现有异常情况时,必须及时处理,严禁带故障运行。检查可根据本单位设备的具体情况进行,但内容至少应当包括:

一、对在用特种设备,每年至少进行一次全面检查,对乘载类特种设备,必要时要进行载荷试验,并按额定速度进行起升、运行、回转、变幅等机构的安全技术性能检查。

二、月检至少应检查下列项目:

1. 各种安全装置或者部件是否有效;

2. 动力装置、传动和制动系统是否正常;

3. 润滑油量是否足够,冷却系统、备用电源是否正常;

4. 绳索、链条及吊辅具等有无超过标准规定的损伤;

5. 控制电路与电气组件是否正常。

三、日检至少应检查下列项目:

1. 运行、制动等操作指令是否有效;

2. 运行是否正常,有无异常的振动或者噪声;

3. 客运索道、游艺机和游乐设备易磨损件状况;

4. 门联锁开关及安全带等是否完好(当有这些装置时)。

检查应当做详细记录,并存档备查。

第十九条　使用单位应当建立完整、准确的特种设备技术档案,并长期保存。使用单位变更时,应随机移送技术档案。技术档案内容至少包括:

一、《特种设备注册登记表》;

二、设备及其部件的出厂随机文件;

三、安装、大修、改造的记录及其验收资料;

四、运行使用、维修保养和常规检查的记录;

五、验收检验报告与定期检验报告;

六、设备故障与事故的记录。

第二十条　特种设备安装、操作、维修保养等作业人员,必须接受专业的培训和考核,取得地、市级以上质量技术监督行政部门颁发的《特种设备作业人员资格证》后,方能从事相应的工作。

第二十一条　使用单位必须严格执行特种设备的维修保养制度,明确维修保养者的责任,对特种设备定期进行维修保养。

特种设备的维修保养必须由持《特种设备作业人员资格证》的人员进行,人员数量应与工作量相适应。本单位没有能力维修保养的,必须委托有资格的单位进行维修保养。

第二十二条　接受委托的特种设备维修保养单位,必须与使用单位签订维修保养合同,并对维修保养的质量和安全技术性能负责。使用单位自行承担特种设备维修保养的,维修保养的质量和安全技术性能由使用单位负责。

第二十三条　在用特种设备实行安全技术性能定期检验制度。使用单位必须严格执行定期报检制度,按时申请定期检验,及时更换《安全检验合格》标志中的有关内容。

客运索道使用单位在申请 3 年一次的全面检验前,应向所在地省级特种设备安全监察机构提出运营复审申请报告,经该机构对客运索道使用单位安全管理状况审查合格并填写《客运索道安全管理审查表》后,方能向国家客运索道监督检验机构申请全面检验。

客运索道的年度检验按照 13 号令的第 51 条执行。

第二十四条　特种设备产权发生转让时,应当履行以下手续:

一、原产权单位应当持拟转让设备的《特种设备注册登记表》及有关牌照和证书,到原注册登记机构办理注销变更手续;

二、原产权单位应将特种设备及其部件的出厂随机文件、办理注销变更手续后的原《特种设备注册登记表》(2 份)、历次检验报告、维修保养和改造记录等有关资料及其有关牌照和证书,移交给该设备的产权接收单位;

三、易地重新安装的特种设备,新的使用单位应当按照本规则的有关规定,分别申请备案、验收检验和注册登记的手续,其《安全检验合格》标志的有效期限重新计算;

四、不需要易地重新安装的,该设备的产权接收单位或使用单位,应当重新填写《特种设备注册登记表》(2 份)并到原注册登记机构重新进行注册登记(设备编号不变),设备定期检验的期限不变。

第二十五条　特种设备产权单位不变但需要易地重新安装的,使用单位应当按照本规则的有关规定,分别申请备案、验收检验和办理注册登记的手续,其《安全检验合格》标志的有效期限重新计算。

第二十六条　遇到下列情况之一的特种设备,在使用前,承担维修保养的单位应当对其进行全面检查和维修保养:

一、经受了可能影响其安全技术性能的自然灾害(如火灾、水淹、地震、雷击、大风等);

二、发生设备事故;

三、停止使用 1 年以上。

经全面检查和维修保养,完全消除影响安全的隐患后,方可以投入使用。实施大修的特种设备,必须按照大修的有关规定执行。上述工作情况应当详细记录。

第二十七条　产权单位或者使用单位自行决定封停特种设备使用且其期限超过 1 年时,应当报该设备注册登记机构备案,办理停止使用手续。经确认的,在其停止使用期间,不对其进行定期检验。

封停特种设备期限超过 1 年但未报注册登记机构备案的,或者封停设备期限不足 1 年的,仍按照原期限进行定期检验。停止使用期限达到并拟重新使用时,应当按照第二十六条的规定履行相应工作。

第二十八条　特种设备或者其零件,达到或者超过执行标准或者技术规程规定的寿命期限后应予报废处理。特种设备进行报废处理后,使用单位应当向该设备的注册登记机构报告,办理注销手续。厂内机动车辆报废后,还应将厂内机动车辆牌照交回原注册登记机构。

第二十九条　使用单位每年至少应当组织一次特种设备出现意外事件或者发生事故的紧急救援演习,演习情况应当记录备查。

第三十条　特种设备一旦发生事故,使用单位必须采取紧急救援措施,防止灾害扩大,保护好事故现场,并按照国家有关规定及时向当地特种设备安全监察机构及有关部门报告。

第三十一条　在爆炸危险场所使用的特种设备,除执行13号令和本规则的有关要求之外,必须符合《中华人民共和国爆炸危险场所电气安全规程》等相关规章或者标准中关于防爆安全技术的要求。

第三十二条　按本规则规定执行特种设备备案、注册登记等工作的特种设备安全监察机构,可将上述工作委托当地的监督检验机构或者下属行政部门办理,但必须对外公告,并监督其执行情况。

第三十三条　特种设备《安全检验合格》标志和厂内机动车辆牌照必须按照规定的制作规则,由省级以上特种设备安全监察机构指定的单位统一制作。

第三十四条　本规则由国家质量技术监督局锅炉压力容器安全监察局负责解释。

第三十五条　本规则自颁布之日起实施。

特种设备质量监督与安全监察规定

2000 年 6 月 29 日国家质量技术
监督局令第 13 号发布

第一章 总 则

第一条 为了规范特种设备质量监督与安全监察工作,确保特种设备的产品质量和安全使用,保障人身和财产安全,促进经济发展和社会稳定,根据法律、行政法规的规定及国务院赋予质量技术监督部门的职责,制定本规定。

第二条 特种设备是指由国家认定的,因设备本身和外在因素的影响容易发生事故,并且一旦发生事故会造成人身伤亡及重大经济损失的危险性较大的设备。本规定所称"特种设备"包括电梯、起重机械、厂内机动车辆、客运索道、游艺机和游乐设施、防爆电气设备等。执行本规定具体的特种设备目录,由国家质量技术监督局根据特种设备危险性程度提出,征求有关方面意见后确定,并公布实施。防爆电气设备的质量监督与安全监察规定另行制定。

第三条 本规定适用于特种设备的设计、制造、安装、使用、检验、维修保养和改造。

第四条 国家质量技术监督局统一负责全国特种设备的质量监督与安全监察工作;地方质量技术监督行政部门负责本行政区域内特种设备的质量监督与安全监察工作;各级质量技术监督行政部门的特种设备安全监察机构(以下简称特种设备安全监察机构)在各自职责范围内,负责实施特种设备的质量监督与安全监察。各级特种设备安全监察机构在实施特种设备的质量监督与安全监察时,应当发挥行业部门、社会中介组织的作用。

第五条 从事特种设备监督检验工作的技术机构(以下简称监督检验机构),应当具备相应的条件,经省级以上质量技术监督行政部门资格认可并授权后,方可以开展授权项目的特种设备监督检验工作。

第二章 通用规定

第一节 设计与制造

第六条 设计单位及其设计人员对所设计的特种设备的质量和安全技术性能负责。设计必须符合相应的标准和安全技术要求。未制定国家标准或者行业标准的,必须符合保障人体健康,人身、财产安全的要求。

第七条 制造单位对制造的特种设备的质量和安全技术性能负责。对实施生产许可证管理的特种设备,由国家质量技术监督局统一实行生产许可证制度;对未实施生产许可证管理的特种设备,实行安全认可证制度。未取得相应产品生产许可证或者安全认可证的单位不得制造相应产品。特种设备生产许可证的取(换)证和管理工作,按照国家有关工业产品生产许可证的具体规定执行。

特种设备安全认可证的取(换)证工作,实行分级分类管理。证书申请的受理分别由国家特种设备安全监察机构或者省级特种设备安全监察机构负责,审查工作由国家特种设备安全监察机构授权的单位承担,审查合格后,分别由国家质量技术监督局或者省级质量技术监督行政部门批准发证。

第八条 有下列情况之一的,必须由国家质量技术监督局认可的监督检验机构进行整机或者部件的型式试验,合格后方可以提供用户使用:

(一)试制特种设备新产品或者部件;

（二）制造标准或者技术规程有型式试验要求的产品或者部件。需要正式生产的，取得相应产品生产许可证或者安全认可证后，方可以正式生产、销售。从型式试验合格到提出生产许可证或者安全认可证取证申请的期限，不得超过6个月。

第九条　特种设备产品出厂时，必须按照有关法律、行政法规及本规定第三章的具体要求，提供相应的随机文件，并保证备品配件的供应。

第十条　在中国境内销售境外制造的特种设备，其产品必须符合我国有关特种设备的法律、行政法规、规章、强制性标准及技术规程的要求。境外企业在中国境内销售境外制造的特种设备，必须明确中国境内注册的代理商，并由代理商承担相应的质量和安全责任。该代理商必须持接受委托代理和在中国境内注册的证明材料，到所在地省级特种设备安全监察机构备案。凡在中国境内销售境外制造特种设备的产品或者部件，其同类型首台产品或者部件必须由国家质量技术监督局指定的监督检验机构进行型式试验，合格后方可以正式销售。

第二节　安装、维修保养与改造

第十一条　特种设备安装、维修保养、改造单位必须对特种设备安装、维修保养、改造的质量和安全技术性能负责。安装、维修保养、改造单位必须具备相应的条件，向所在地省级特种设备安全监察机构或者其授权的特种设备安全监察机构申请资格认可，取得资格证书后，方可以承担认可项目的业务。该资格证书在全国范围内有效。特种设备安装、维修保养、改造业务不得以任何形式进行转包或者分包。

第十二条　安装、大修、改造特种设备前，使用单位必须持施工方案等相关资料到所在地区的地、市级以上特种设备安全监察机构备案。

第十三条　安装、大修、改造后特种设备的质量和安全技术性能,经施工单位自检合格后,由使用单位向规定的监督检验机构提出验收检验申请,并由执行当次验收检验的机构出具检验报告,合格的,发给特种设备安全检验合格标志除国家法律、行政法规另有规定外,任何行政部门不得要求再进行强制性的验收检验。

第十四条　安装、大修、改造的特种设备验收合格后,负责该项目施工的单位必须将施工的技术文件和资料等,移交使用单位存入该特种设备的技术档案。

第三节　使用与管理

第十五条　特种设备使用单位必须对特种设备使用和运营的安全负责。特种设备使用单位必须使用有生产许可证或者安全认可证的特种设备。对使用的特种设备,必须按照本规定有关要求申请相应的验收检验和定期检验。

第十六条　新增特种设备,在投入使用前,使用单位必须持监督检验机构出具的验收检验报告和安全检验合格标志,到所在地区的地、市级以上特种设备安全监察机构注册登记。将安全检验合格标志固定在特种设备显著位置上后,方可以投入正式使用。

第十七条　使用单位必须制定并严格执行以岗位责任制为核心,包括技术档案管理、安全操作、常规检查、维修保养、定期报检和应急措施等在内的特种设备安全使用和运营的管理制度,必须保证特种设备技术档案的完整、准确。

第十八条　特种设备遇可能影响其安全技术性能的自然灾害或者发生设备事故后,以及停止使用一年以上时,再次使用前,使用单位应当对其进行全面检查,必须消除影响安全的隐患。

第十九条　特种设备作业人员(指特种设备安装、维修保养、操作等作业的人员)必须经专业培训和考核,取得地、市级以上质量技术监督行政部门颁发的特种设备作业人员资格证书后,方可以从事相应工作。

第二十条　使用单位必须对在用特种设备进行日常的维修保

养。特种设备的维修保养必须由有资格的人员进行,无特种设备维修保养资格人员的使用单位,必须委托取得特种设备维修保养资格的单位,进行特种设备日常的维修保养。

第二十一条　使用单位应当严格执行特种设备年检、月检、日检等常规检查制度,经检查发现有异常情况时,必须及时处理,严禁带故障运行。检查应当做详细记录,并存档备查。

第二十二条　在用特种设备实行安全技术性能定期检验制度。使用单位必须按期向使用特种设备所在地的监督检验机构申请定期检验,及时更换安全检验合格标志中的有关内容。安全检验合格标志超过有效期的特种设备不得使用。安全检验合格标志的有效期自签发验收检验或者定期检验合格报告之日起计算。各类特种设备定期检验的周期按第三章的具体规定执行。

第二十三条　标准或者技术规程有寿命期限要求的特种设备或者零部件,应当按照相应要求予以报废处理。特种设备进行报废处理后,使用单位应当向负责该特种设备注册登记的特种设备安全监察机构报告。

第二十四条　特种设备一旦发生事故,使用单位必须采取紧急救援措施,防止灾害扩大,并按照有关规定发时向当地特种设备安全监察机构及有关部门报告。

第二十五条　在爆炸危险场所使用的特种设备,除执行本规定有关要求之外,还必须符合防爆安全技术要求。

第四节　监督、监察与监督检验

第二十六条　各地质量技术监督行政部门应当根据本地区的实际情况,按照上级质量技术监督行政部门的安排,对特种设备组织定期或者不定期的产品质量监督抽查。各级特种设备安全监察机构对特种设备的设计、制造安装、使用、检验、维修保养与改造单位执行本规定的情况应当进行现场安全监察,发现存在隐患及问题的,责令相应单位改正,必要时向其发出《特种设备安全监察意见通知书》(格式见附件),并督促其及时予以解决。

第二十七条　各级质量技术监督行政部门的特种设备安全监察人员,必须经过专业培训和考核,取得国家质量技术监督局颁发的特种设备安全监察员证书后,方可以从事相应的安全监察工作。特种设备安全监察员在行使安全监察职权时,应当出示特种设备安全监察员证书。

第二十八条　各级特种设备安全监察机构应当按照有关规定对特种设备事故进行报告、调查,督促处理和结案批复,做好事故统计工作,并按照规定期限逐级上报。

第二十九条　监督检验机构进行特种设备型式试验、验收检验和定期检验等各类监督检验的程序、内容、方法、合格判定规则等,必须按照国家质量技术监督局发布的相应检验规程执行。

第三十条　监督检验机构必须加强检验工作质量的管理,确保检验工作质量保证体系的正常运转,按期完成监督检验工作任务,必须对出具的检验报告负责。

第三十一条　监督检验机构在接到具备验收检验或者定期检验条件的检验申请后,必须在 10 个工作日内安排相应的检验。完成相应检验工作后,必须在 10 个工作日内出具检验报告,同时应当将检验报告报送负责注册登记的特种设备安全监察机构。

第三十二条　在用特种设备数量较多而且具有该类特种设备独立检验机构的大型企业,可以向所在地省级特种设备安全监察机构申请成立企业自检站,经上述机构核准建站方案,并经资格认可及授权后,可以承担本企业内在用特种设备的定期检验。企业自检站检验范围内的在用特种设备,应当接受监督检验机构的抽检,抽检比例不得高于该企业当年应当检验设备总量的 20%。具体抽检比例由企业所在地省级特种设备安全监察机构确定。企业自检站及其检验人员从事授权检验类别以外的或者本企业之外的特种设备检验所出具的检验报告,不具备法律效力。

第三十三条　从事特种设备监督检验工作的人员，必须经专业培训，并接受省级以上特种设备安全监察机构组织的考核，取得相应资格证书后，方可以从事批准项目的监督检验工作。

第三十四条　受检单位对检验结果有异议时，可以在收到检验报告之日起 15 日内，以书面形式向监督检验机构提出。监督检验机构必须在 15 日内对受检单位提出的异议予以书面答复。受检单位对监督检验机构的答复仍有异议时，可以在收到答复之日起 15 日内，以书面形式向当地与该监督检验机构同级的特种设备安全监察机构提出。接到异议申请的特种设备安全监察机构，应当在 30 日内，委托由国家特种设备安全监察机构授权的监督检验机构或者组织专家，对被提出异议的检验结果进行鉴定或者确认。鉴定或者确认的结论为最终结论。

上述鉴定或者确认所需费用，由提出异议的单位支付。鉴定或者确认结论证明原检验结果错误的，该费用由出具原检验结果的监督检验机构承担。

第三十五条　特种设备安全监察机构开展特种设备的质量监督与安全监察工作中，以及监督检验机构开展特种设备的监督检验工作中，需要收取费用的，必须按照财政、物价行政管理部门的规定收取。

第三十六条　监督检验机构及其检验人员不得从事特种设备的设计、制造、销售、安装、维修保养和改造等经营性活动，并保守受检单位的商业秘密。

第三章　特殊规定

第一节　电梯(省略)

第二节　起重机械(省略)

第三节　厂内机动车辆

第四十三条　厂内机动车辆出厂时，必须附有制造企业关于该厂内机动车辆的出厂合格证、使用维护说明书、备品配件和专用工具清单等出厂随机文件。合格证上除标有主要参数外，还应当标明车辆主要部件（如发动机、底盘等）的型号和编号。

第四十四条 新增厂内机动车辆的单位，必须按照本规定要求到所在地区地、市级以上特种设备安全监察机构注册登记。该特种设备安全监察机构可以指定所在地的监督检验机构，了解申请注册登记车辆的情况，并根据实际情况确定是否进行验收检验。免于验收检验或者验收检验合格的，由该监督检验机构发给厂内机动车辆安全检验合格标志。特种设备安全监察机构应当凭有效的厂内机动车辆安全检验合格标志办理该车辆的注册登记，并核发厂内机动车辆牌照。厂内机动车辆安装牌照并粘贴安全检验合格标志后，方可以投入使用。

第四十五条 厂内机动车辆使用单位应当结合本单位生产作业区或者施工现场的实际情况，按照《工业企业厂内运输安全规程》等国家标准的要求，在生产作业区或者施工现场设置交通安全标志和进行交通安全管理。

第四十六条 在用厂内机动车辆定期检验周期为一年。定期检验不合格或者安全检验合格标志超过有效期的不得使用，特种设备安全监察机构应当收回牌照。

第四节 客运索道（省略）
第五节 游艺机和游乐设施（省略）

第四章 罚 则

第六十一条 有下列情形之一并拒绝按照特种设备安全监察机构发出的《特种设备安全监察意见通知书》进行整改的，由质量技术监督行政部门按照以下规定进行处罚：

（一）违反本规定第七条、第四十一条、第四十七条、第五十五条，未履行设计审核手续即进行制造者，或者无相应产品有效的安

全认可证即投入制造者,责令停止制造和销售其产品,并处 5 000 元至 20 000 元罚款;

(二)违反本规定第七条,持相应产品有效的生产许可证或者安全认可证,但不能保证特种设备产品质量或者安全技术性能的,吊销相应的生产许可证或者安全认可证;

(三)违反本规定第八条、第十条,未按照要求办理有关手续即提供用户使用本单位产品的,责令补办有关手续,并处 5 000 元至 20 000 元罚款;

(四)违反本规定第十一条,无资格证书或者有资格证书但无相应项目即从事特种设备的安装、维修保养、改造者,责令承担项目停止进行,并处 5 000 元至 20 000 元罚款,有资格证书但无相应项目的,吊销相应的资格证书;

(五)违反本规定第十五条、第十六条、第四十九条,对购置无生产许可证或者安全认可证产品并投入使用者,或者未办理注册登记手续即投入运营的使用者,责令其设备停止使用,属于非经营性使用行为的,并处 1 000 元以下罚款;属于经营性使用行为的,并处 3 000 元至 10 000 元罚款;

(六)违反本规定第二十条、第二十一条,未按照要求定期维修保养特种设备的,以及发现异常情况未及时处理的,属于非经营性使用行为的,处以 1 000 元以下罚款;属于经营性使用行为的,处以 3 000 元至 10 000 元罚款。发现设备故障运行的,必须责令设备停止使用;

(七)违反本规定第十九条、第三十三条、第五十二条,使用无相应有效资格证书的人员从事特种设备管理、安装、维修保养、改造、检验、操作的,对用人单位处以 10 000 元以下的罚款;

(八)违反本规定第二十二条,安全检验合格标志超过有效期或者定期检验不合格仍然继续使用的,责令设备停止使用,并处 3 000 元至 10 000 元罚款;

（九）对伪造、涂改、转借特种设备生产许可证或者安全认可证、安装（维修保养、改造）资格证书、安全检验合格标志和厂内机动车辆牌照等有关证书和牌照者，没收或者吊销其相应的证书和牌照，并处 10 000 元至 30 000 元罚款。

第六十二条　违反第二十四条规定，特种设备发生事故后不采取紧急救援措施，未能及时有效抑制灾害扩大，或者未按照规定及时报告事故以及隐瞒事故不报的，由质量技术监督行政部门予以警告，并处 5 000 元至 25 000 元罚款。

第六十三条　对违反本规定进行特种设备的设计、制造、安装、使用、检验、维修保养或者改造，并因此造成事故的，由质量技术监督行政部门责令相关设备停止使用，并处 10 000 元至 30 000 元罚款；涉嫌犯罪的，移送司法机关依法追究有关责任人的刑事责任。

第六十四条　从事安全监察或者监督检验的安全监察员和检验人员，在工作中玩忽职守、徇私舞弊、泄露或者剽窃商业秘密的；由所在单位视其情节和后果，给予相应的行政处分；涉嫌犯罪的，移送司法机关依法追究其刑事责任。

第六十五条　监督检验机构不能按照有关规定履行职责或者因管理不严，造成工作人员失职的，由授予其检验资格的质量技术监督行政部门予以警告，并视情节暂时停止或者取消其检验资格。

第六十六条　法律、行政法规对违反本规定行为的处罚机关、处罚方式有明确规定的，依照该法律、行政法规的规定执行。

第五章　附　则

第六十七条　本规定配套的规范性文件或者技术规程，由国家特种设备安全监察机构另行组织制定，国家质量技术监督局发布实施。本规定中明确由质量技术监督行政部门颁发的各类证书和牌照的格式，由国家质量技术监督局统一规定。

第六十八条　本规定不适用于军事用途的特种设备。但军队所有,用于民用场所的特种设备必须执行本规定。

第六十九条　取得特种设备生产许可证或者安全认可证的企业、取得相应资格的特种设备监督检验机构,由国家质量技术监督局发布公告。取得相应特种设备的安装、维修保养、改造资格的企业,由颁发相应资格证书的省级质量技术监督行政部门发布公告。

第七十条　本规定由国家质量技术监督局负责解释。

第七十一条　本规定自 2000 年 10 月 1 日起实施。

附录二 厂内机动车辆驾驶员安全技术应知应会考核标准

为了进一步加强对特种设备作业人员培训考核工作的统一管理,提高场(厂)内机动车辆驾驶人员的安全技术素质,做到文明驾驶,确保场(厂)内运输装卸工作的安全、交通安全,规范操作,促进安全生产,根据有关考核标准,制定本标准。

一、理论考核——应知考核

1. 考核内容:包括叉车构造,安全操作,安全管理,交通安全以及故障判断、识别等。

2. 题目设置:采用百分制,考试题目由电脑自动编组,每题1分,90分为合格基准。

3. 考核方式:凡考核对象,不得抄写、翻看有关资料、教材,不得互相讨论、询问,凡有上述行为者考核成绩无效。

4. 考核时限:每个考生的基本应知考核时间为100分钟。

5. 凡考试不合格者,隔日补考,经考试合格后,方准参加应会(操作)考核。

6. 监考人员:由考试机构负责监考。

7. 考核对象:初复训人员。

二、操作考核——应会考核(场考)

1. 场地考核的基本操作要求

(1) 按要求对车辆进行行驶前的检查。

(2) 加载荷按场地规定位置进行一组堆垛动作,并完成驾驶整套动作。按场地图示规定路线行驶。

行驶路线为：从停车库起点前进,叉取货物后倒入 A 库停正,前进至路上停正,倒入 B 库停正,前进将货物卸下,倒车返回停车库,如图 F3 - 1 所示。车辆进入场内后不得熄火,车辆在前进、倒退途中不准半联动离合器和任意停车,车辆停止时不准转动方向盘,整个操作过程中,车辆任何部位无碰桩擦杆或越线现象。

2. 操作过程

第一步：在停车库内启动车辆,上升货叉并后倾门架,鸣号松开手制动器后,从起点线挂低挡平稳起步,略向左转前进,当方向盘靠近 5 杆处时,继续向左转向,待货叉距 9—10 杆边线 0.2～0.6 m 处时,向右迅速回转方向盘,根据所叉取货物位置,使车辆前后轮与货物尽可能保持同线,当货叉接近货物时,立即脱挡停车。

第二步：正确判断所叉取货物位置,使货叉上升或下降,调整货叉高度并稍向前倾后,挂慢速挡平稳缓慢进入货物底架或上下货物空架内,待货物靠近挡货架后脱挡停车,随后在货物水平面或使门架稍向后倾起升货物(叉取货物时,要求上下货物不得抖动、移位),接着挂倒退慢速挡后退,等货物完全脱离安全位置后,迅速脱挡停车,将货叉降低安全高度(货叉离地面 200～300 mm)。

第三步：倒入 A 库。

挂倒挡起步。起步前应先从后方判断整车行驶路线,判断整车长度、宽度和 5—6 杆与 1—2 杆间的空间。然后以叉车右配重角与 6 杆为判断倒库目标。采用弧形(弧线)倒车,如果叉车靠近 9—10 杆边线,即可直线倒车。当车辆右配重角与 6 杆保持 0.2 m 间距时,迅速转向,同时注意 5 杆和 1、2 杆及车辆与车库相对位置。当右后轮进入 6 杆时,应迅速向左回转方向盘。此时应从配重中心线判断与 1、2 杆中心点相对,大致判断车辆在库内基本正直,并回头判断左前角与 5 杆应保持 0.2～0.3 m 的距离,若有偏差,要立即稍稍摆动方向盘调整。车辆全部倒入 A 库,尽量使前后轮保持同线,即脱挡停车。

第四步:倒入 B 库。

车辆从 A 库挂低挡起步,直线前进。当车辆后轮轴心与 5、6 杆平行时,迅速向左转方向盘,行驶路线既尽可能使车辆靠近 9～10 杆连线,又要防止货叉越线,争取车辆与 4～1 杆连线成直角,以利于处理倒车的弧形行进方位。当货叉距 4～9 杆连线 0.4～0.6 m 处时,立即向右回转方向,使前后轮保持同线,随即脱挡停车。然后挂倒挡起步。起步前先看清 6～7 桩两杆,并判断整车行驶路线,起步后按判断方向倒退,创造有利条件使车尾进桩时不至于偏斜入库。进库时注意 6 杆,当车辆左配重角与 6 杆接近 0.2 m 处时,立即向右回正方向,并目测判断右配重角与 7 杆有 0.2 m 横向距离。车辆两后轮进库后,应注意 3 杆目标,随着车尾向左移动,还要照顾到 2 杆,并回头察看 7 杆与前右角的距离,要求两者有 0.2 m 左右的距离,有偏差迅速稍稍回正方向修正,当车辆完全进入 B 库时,应尽量使前后轮保持同线,即可脱挡停车。

第五步:卸放货物。

车辆在 B 库内挂低速挡平稳起步直线前进,当方向盘接近 6 杆时,即向右转方向行驶,使车辆逐渐接近卸货处,并尽可能保持前后轮同线,创造有利卸货整齐度条件,随即脱挡停车。然后起升货叉,并目测被卸货物与固定货物左右边整齐,使货叉高于固定货物 10 mm 左右,接着挂低挡平稳而缓慢接近,并进一步确认货物上下整齐度,当确认被卸货物与固定货物整齐后,即脱挡停车。将货物水平放至固定货物上,将货叉稍向前倾,使货叉完全脱离上下货物,随即挂后退慢挡起步倒退,使货叉脱离货物区域后脱挡停车,将货叉降在安全标准高度。

第六步:倒回停车库。

挂倒挡起步,起步前先看清 6、7 两杆位置,起步后迅速向右转动方向盘,然后立即向左回转,使车尾靠向右侧,车头转向左侧,创造有利条件使车尾倒库时不偏斜入库。应避免碰桩越线，使右后轮与5～6杆边线保持0.2 m间距，当两后轮进入库位时，进一步调整4～11杆中线，使前后轮尽量保持同线。回头察看货叉退至起点线时即可脱挡停车。

停车后，将货叉平放地面，拉起手制动器，熄火取下启动钥匙，即可下车。

场考路线图如图F2-1所示。

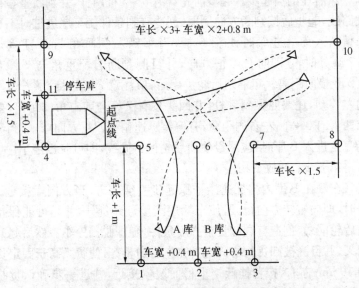

图 F2-1 叉车应会考核场考路线图

注：——▷顺车前进线　　　　　----▷倒车后退线
1. 库长为车长加2 m；
2. 4至5桩和7至8桩各为1.5车长；
3. 4至9桩和8至10桩各为1.5车长；
4. 4至8桩和9至10桩尺寸相同；
5. 1至2桩、2至3桩为车宽加0.4 m，1至2桩、2至3桩间的连线为起点线；
6. 4桩至起点线为车长加1 m；
7. 4桩至11桩为车宽加0.4 m。

3. 场考的目的：场考即场内考试，亦称"式样操作"。

驾驶员在实际操作过程中，必须把车辆起步、换挡、转向、制动、倒车或调头及货物叉取卸垛或移位、短途运输等单项操作有机配合，综合起来运用。

为了打下良好的驾驶操作基础，掌握驾驶操作技能，学习叉车驾驶的人员必须在规定比较严格的模式下进行锻炼，并经综合考核，以提高各个单项操作和综合运用的水平。

通过场考，要求达到以下目的：

(1) 掌握倒入库要领。

(2) 掌握对车体的空间感觉。

(3) 判断车轮的行驶轨道。

(4) 掌握在有限区域停靠车辆的技能。

(5) 提高上升下降，前后倾斜，码垛正确度判断能力。

(6) 掌握基本操作要领，动作标准。

(7) 运用最小转弯半径，掌握负载中心距。

(8) 掌握离合、制动、油门、挡位间的合理配合。

4. 评分要求

场考时有下列情况之一为不合格：

(1) 车身任何部位超出划线范围。

(2) 移动桩位。

(3) 违反操作规程。

(4) 未按规定路线行驶。

(5) 由于技术生疏，货物从货叉上掉下。

(6) 油门当制动器应用。

5. 评分标准：设定总分 100 分，90 分为合格基准。场考未通过者，按要求继续训练 10 天后进行再次考核。操作评分标准如表F2-1 所示。

表 F2 - 1　叉车操作评分标准　　　　（100分）

序号	项　　目	扣分标准	扣分记录
1	检查车辆准备启动(每错或少一动作)	扣2分	
2	启动时间过长	扣2分	
3	起步不鸣号,不观察周围情况	扣3分	
4	起步前未升货叉,门架未后倾	扣3分	
5	车已驶动未松手制动器	扣3分	
6	起步不稳或转弯不减速	扣4分	
7	原地打方向盘	扣6分	
8	油门与离合器及刹车配合不当	扣4分	
9	使用离合器半联动时间过长	扣5分	
10	转弯半径选择较差,转弯后方向回正不及时	扣2分	
11	中途停车或熄火	扣7分	
12	叉货、卸货时使货物移位	扣6分	
13	前进或后退还手(每次)	扣3分	
14	碰擦杆一次但未移动桩位	扣7分	
15	换挡时有严重齿轮碰击声一次	扣2分	
16	倒车不到位或停车位置不到位	扣3分	
17	未在载货中心距内起升货物或运行	扣3分	
18	未使货叉稍向前倾起叉货物一次	扣3分	
19	起叉货物后,货叉未后倾	扣3分	
20	货叉未在垂直位置或后倾位置上升、下降一次	扣3分	
21	开门探视或身体伸出车外观察	扣3分	
22	压线一次但未出线	扣3分	
23	停车未拉手制动,未取出钥匙,不脱挡,未平放货叉	扣4分	
24	货叉着地或高于500 mm运行	扣4分	
25	堆垛时上升、下降,前、后倾动作有明显抖动一次	扣2分	
26	卸货时未使货叉前倾倒车,卸货后未使货叉升高后倾	扣4分	
27	上、下货物堆放整齐度超过50 mm	扣2分	
28	制动器应用不当	扣3分	
29	起步、停车溜动0.4 m以外	扣1分	

注:操作时间5分钟每超15秒扣2分,依此类推

6. 考核场地：用于场考的面积，电瓶车一般不小于 80 m²，叉车、铲车(含斗)不小于 120 m²。

7. 考场纪律

(1) 考生应穿戴劳保用品，准时参加考试；

(2) 除应考者外，其他人员一律在候考室等候；

(3) 凡违反场考有关规章制度的予以警告一次，再违反时取消其考试资格；

(4) 考生在考核过程中，中途擅自离开的作自动放弃考核处理。

8. 考核车种：尽可能选择通用性较强的车种。以 3.0T 手排挡叉车为基本标准要求。

9. 考核对象：初复训人员。

附录三 常见叉车摘录

图 F3-1 柴油平衡重叉车

图 F3-2 汽油平衡重叉车

图 F3-3 液化气平衡重叉车

图 F3-4 双燃料平衡重叉车

图 F3-5　三轮电动平衡重叉车　　图 F3-6　全电动堆高机

图 F3-7　步行前移式全电动叉车　　图 F3-8　步行半电动堆高机

图 F3-9　站驾式全电动堆高机　　图 F3-10　手动堆高叉车

图 F3‑11　步行式全自动电动堆高机

图 F3‑12　普通电动侧面叉车

图 F3‑13　内燃多面叉车

图 F3‑14　内燃侧面叉车

图 F3‑15　电动多面叉车

图 F3‑16　坐驾前移式叉车

图 F3－17　站驾前移式叉车　　　图 F3－18　侧驾前移式叉车

图 F3－19　手推液压堆高叉车　　　图 F3－20　手推台车

图 F3-21　杠杆式手推车　　图 F3-22　剪叉式手动平台搬运车

图 F3-23　手动剪叉式　　图 F3-24　人下行高位三向堆垛叉车

图 F3-25　人上行高位三向堆垛叉车

图 F3-26　美式悬臂吊

图 F3-27　特种悬臂吊

图 F3-28　自行式龙门吊

图 F3-29　固定式龙门吊

图 F3-30　工业平板拖车

图 F3-31　民用平板拖车

图 F3-32　手动托盘叉车

图 F3-33　手动托盘叉车（称重型）

图 F3-34　站板式电动托盘叉车

图 F3-35　坐驾式电动托盘叉车

图 F3-36　站驾式电动托盘叉车

图 F3-37　步行式电动托盘叉车

图 F3-38　侧驾式电动托盘叉车

图 F3-39　不锈钢型托盘叉车

图 F3-40　高起升手动托盘叉车

图 F3-41　卷状物手动托盘叉车

图 F3-42　电液压滚动输送叉车

图 F3 - 43　电动平台堆垛叉车

图 F3 - 44　电动平台搬运叉车

图 F3 - 45　高位拣选叉车

图 F3 - 46　低位拣选叉车

图 F3 - 47　简易式拣选叉车

图 F3 - 48　水平拣选叉车

图 F3－49　自行式电动拣选叉车

图 F3－50　电动插腿式叉车

图 F3－51　机械插腿式叉车

图 F3－52　内燃插腿式叉车

图 F3－53　单桶简易式油桶搬运车

图 F3－54　机械式油桶搬运车

图 F3 - 55　液压式油桶搬运车　　图 F3 - 56　多桶液压式油桶搬运车

图 F3 - 57　电动油桶搬运车　　　　图 F3 - 58　特种油桶搬运车

图 F3 - 59　内燃防爆叉车　　　　图 F3 - 60　电动防爆叉车

图 F3‑61　电动式牵引车

图 F3‑62　内燃式牵引车

图 F3‑63　自动导向搬运车

图 F3‑64　电磁自动导向搬运车

图 F3‑65　光电自动导向搬运车

图 F3‑66　自动堆垛机械

图 F3 - 67 机器人

图 F3 - 68 军用叉车

图 F3 - 69 气动搬运装置

图 F3 - 70 矿车

图 F3 - 71 越野叉车

图 F3 - 72 伸缩臂叉车

图 F3 - 73　重箱集装箱平衡重叉车　　　图 F3 - 74　空箱集装箱平衡重叉车

图 F3 - 75　木材抓举专用车　　　图 F3 - 76　纸类专用搬运叉车

图 F3 - 77　石材搬运专用叉车　　　图 F3 - 78　散体物倾翻叉车

图 F3-79 板材专用搬运叉车

图 F3-80 木材抱夹专用叉车

图 F3-81 扒渣叉车

图 F3-82 汽车专用搬运叉车

图 F3-83 车载式叉车

图 F3-84 水泥专用搬运叉车

图 F3－85　玻璃搬运叉车

图 F3－86　船用专用叉车

图 F3－87　纸卷抱夹叉车

图 F3－88　三支点叉车

图 F3－89　内燃叉车

图 F3－90　抱夹叉车

附录四　试题库与参考答案

一、判断题

1. 《特种设备安全监察条例》于 2003 年 3 月 11 日公布，自 2003 年 6 月 1 日起施行。　　　　　　　　　　　　　　　　（ √ ）

2. 《特种设备作业人员监督管理办法》于 2005 年 1 月 10 号发布，自 2005 年 7 月 1 号起施行。　　　　　　　　　　　（ √ ）

3. 场（厂）内机动车辆等特种设备作业人员及其相关管理人员统称为特种设备作业人员。　　　　　　　　　　　　　　（ √ ）

4. 场（厂）内机动车辆作业人员应当严格执行场（厂）内机动车辆的安全操作规程和有关的安全规章制度，杜绝违章操作。（ √ ）

5. 申请场（厂）内机动车辆操作上岗证，应当符合驾驶许可条件，通过培训并经考核合格后核发《特种设备作业人员证》。（ √ ）

6. 特种设备使用单位应当按照安全技术规范的定期检验要求，在安全检验合格有效期届满前一个月向特种设备检验检测机构提出定期检验要求。　　　　　　　　　　　　　　（ √ ）

7. 特种设备作业人员在作业过程中发现事故隐患或者其他不安全因素，不需要向现场安全管理人员和单位有关负责人报告。
　　　　　　　　　　　　　　　　　　　　　　　（ × ）

8. 特种设备作业人员在作业中应当严格执行特种设备的操作规程和有关的安全规章制度。　　　　　　　　　　　　　（ √ ）

9. 驾驶场（厂）内机动车辆，应当依法取得场（厂）内《特种设备作业人员证》。　　　　　　　　　　　　　　　　　（ √ ）

10. 场(厂)内机动车辆因在场(厂)区内部作业,所以不需要遵守道路交通安全法律、法规的规定,但应遵守操作规程、安全驾驶、文明操作。　　　　　　　　　　　　　　　　　(×)

11. 在用场(厂)内机动车辆定期检验周期为一年。定期检验不合格或者安全检验合格标志超过有效期的不准继续使用,特种设备安全监察机构应当收回牌照。　　　　(√)

12. 持有《特种设备作业人员证》的人员,必须经用人单位的法定代表人(负责人)或者其授权人聘(雇)用后,方可在许可的项目范围内作业。　　　　　　　　　　　　　　　(√)

13. 用人单位应当定期对劳动者进行劳动保护教育培训。 (√)

14. 对违反规定作业的企业,监督部门可视情节轻重,并根据有关规定,分别给予通报、停驾、罚款的处罚。　　　　(√)

15. 新增场(厂)内机动车辆的单位,应到所在地特种设备安全监察机构注册登记,经验收检验合格,领取场(厂)内机动车辆牌照,并粘贴《安全检验合格》标志后,方可投入使用。　(√)

16. 场(厂)内机动车辆号牌应当按照规定悬挂并保持清晰、完整,不得故意遮当、污损。　　　　　　　　　　(√)

17. 特种设备作业人员违反特种设备的操作规程和有关的安全规章制度操作,触犯刑律的依照刑法关于重大责任事故罪或者其他罪的 规定,依法追究刑事责任。　　　(√)

18. 特种设备的使用单位不需要对其特种设备的使用安全负责。(×)

19. 特种设备出现故障或者发生异常情况,使用单位应当对其全面检查,消除事故隐患后,方可重新投入使用。　(√)

20. 场(厂)内机动车辆使用性质变更、过户、跨地区使用、报废等均必须到当地特种设备监督管理部门进行登记。　(√)

21. 在用场(厂)内机动车辆有下列情形的,应当报废: (√)

(1) 超过国家标准、行业标准或者技术规范规定的寿命期限要求的；

(2) 经检验不能保证安全运行又无维修价值的。

22. 职业道德就是社会公共道德。 （√）

23. 特种设备是指由国家认定的,因设备本身和外在因素的影响
容易发生事故,并且一旦发生事故会造成人身伤亡及重大经
济损失的危险性较大的设备。 （√）

24. 场(厂)内机动车辆使用单位,按照《工业企业厂内运输安全规
程》等国家标准的要求,应当在生产作业区或者施工现场设置
交通安全标志和进行交通安全管理。 （√）

25. 场(厂)内机动车辆持证人员违章操作或者管理造成特种设备
事故的,以及逾期不申请复审或者复审不合格且不参加考试
的,应当吊销《特种设备作业人员证》。 （√）

26. 《特种设备作业人员证》每2年复审一次。持证人员应当在复
审期满3个月前,向发证部门提出复审申请。复审合格的,由
发证部门在证书正本上签章。 （√）

27. 场(厂)内机动车辆使用单位,必须制定以岗位责任制为核心
的特种设备使用的安全管理制度,并予以严格执行。 （√）

28. 特种设备监督检验部门,在企业对场(厂)内机动车辆进行年、
季、月度及日常检查基础上,进行年度检验,对检验不合格的
车辆,监督检验部门限期整顿,并予以定检。 （√）

29. 实现安全生产是社会主义企业管理的重要原则,保障员工的
安全健康是党和国家的一贯政策。 （√）

30. 场(厂)内机动车辆安全管理制度至少应当包括： （√）

(1) 各种相关人员的职责；

(2) 操作人员守则；

(3) 安全操作规程；

(4) 常规检查制度；

(5) 维修保养制度；

（6）定期保检制度；

（7）作业人员培训考核制度；

（8）意外事件和事故的紧急救援措施；

（9）技术档案管理制度。

31. 车辆应靠右侧行驶，坚持中速行驶，转弯减速。　　　（ √ ）

32. 事故三要素理论中的"三要素"指的是人、车、路环境三要素均等，人不是最重要的因素。　　　　　　　　　　　　　（ × ）

33. 车辆技术性能状况的好坏对安全行驶不起重要作用。（ × ）

34. 劳动者对危害生命安全和身体健康的行为，有权提出批评、检举和控告。　　　　　　　　　　　　　　　　　　　　（ √ ）

35. 劳动者在劳动过程中，应当遵守安全操作规程和有关规章制度。　　　　　　　　　　　　　　　　　　　　　　　　（ √ ）

36. 只要厂长同意，安全技术部门批准就可以操作机动车辆。

　　　　　　　　　　　　　　　　　　　　　　　　　　（ × ）

37. 完好的车辆是搞好安全行驶、安全作业的唯一条件。（ × ）

38. 使用单位应当严格执行场（厂）内机动车辆年检、月检及日检等常规检查制度。　　　　　　　　　　　　　　　　　　（ √ ）

39. 过度疲劳影响安全驾驶，这时应当谨慎驾驶机动车。（ × ）

40. 在爆炸危险场所使用的特种设备，必须符合《中华人民共和国爆炸危险场所电气安全规程》等相关规章或者标准中关于防爆安全技术的要求。　　　　　　　　　　　　　　　　　（ √ ）

41. 车辆经过十字路口时应做到"一慢、二看、三通过"。（ √ ）

42. 场（厂）内机动车辆驾驶员一天作业时间以连续作业不超过 6小时为好。　　　　　　　　　　　　　　　　　　　　　　（ × ）

43. 驾驶疲劳是指驾驶员在运输作业中，由于心理、生理上的某些变化，客观上出现驾驶机能低落的现象。　　　　　　　（ √ ）

44. 过节了，喝点酒高高兴兴上班，这样会精神倍增。　（ × ）

45. 只要取得厂里发放的安全作业证，就可驾驶叉车。　（ × ）

46. 出车前、行驶中、收车后的勤清洁、勤检查、勤调整是"三勤"的具体内容。 （√）

47. 30岁以前和55岁以后,这两个年龄段驾驶员发生车辆肇事的事故发生率高。 （√）

48. 车辆起步时,应查看周围是否有人或障碍物的情况下,然后先起步,后鸣号。 （×）

49. 道路、场地宽敞时,往往主观估计的车速要比实际速度低。 （×）

50. 车辆速度过快,延长了车辆的制动距离,扩大了车辆的制动非安全区。 （√）

51. 实习驾驶员可以操纵被拖带的机动车辆。 （×）

52. 拖带制动失灵的车辆,牵引的长度须在5～7 m之间,并用硬件连接 （√）

53. 同方向行驶的车辆,前后两车应保持在至少5米的间距。 （√）

54. 操作人员离开驾驶座时,将货叉平放在地面,拉紧手制动,关掉电门,取下钥匙后方可离开。 （√）

55. 叉车按照动力不同可分为内燃叉车和电瓶叉车。 （√）

56. 叉车在结构上采用后轮为转向轮,所以转弯半径小。 （×）

57. 叉车是由自行的轮式底盘和一套能垂直升降、前后倾斜的工作装置所组成。 （√）

58. 电瓶车可以进入易燃、易爆场所作业。 （×）

59. 叉车根据使用动力装置的不同可分为汽油发动机式叉车和柴油发动机式叉车。 （×）

60. 电瓶叉车动力装置由交流电动机驱动车辆行驶。 （×）

61. 电瓶叉车在行驶时,必须停车后才能变换前进或后退方向。 （√）

62. 安全阀是保障车辆安全行驶的重要元件。 （√）

63. 脚制动无论是气制动或液压制动均要求一脚有效。（ √ ）

64. 预热启动通电时间一般为 2 分钟。（ × ）

65. 叉车装卸货物,装货起升时要先水平面或稍向后倾再升高,卸货时应先下降后再水平或稍向前倾。（ √ ）

66. 叉车运行时,货叉离地面高度最大应不大于 500mm。（ √ ）

67. 车辆平时应加强保养,按计划修理,必要时以修带保。（ × ）

68. 爆炸性混合物的浓度,达到爆炸浓度极限时就会爆炸。（ √ ）

69. 蓄电池就是储存电能的一种设备,它能把化学能转变为电能储存起来。（ × ）

70. 装载液化气的槽车必须装有防静电接地链。（ √ ）

71. 给伤员包扎伤口和止血时,可用棉垫、纱布、止血带或用毛巾、手帕、领带等代用。（ √ ）

72. 伤员呼吸不畅时,应解开伤员的衣领和腰带。（ √ ）

73. 烧伤严重的伤员口渴时,可喝些盐水补充水分。（ √ ）

74. 运输易爆物品的车辆,可以不用配备干粉灭火器。（ × ）

75. 车辆着火时,最好用水灭火。（ × ）

76. 运输液化气的罐体及附件必须固定在车辆的底架上,并设有安全标志。（ √ ）

77. 缺乏安全技术知识教育,违反操作规程,是厂内装卸运输作业事故的原因之一。（ √ ）

78. 叉车在启动的情况下可以进行维修,但严禁拆装零部件。
（ × ）

79. 操作人员应根据地形位置掌握铲斗的安全高度,严禁铲斗在高空位置时行驶作业。（ √ ）

80. 全液压车转向系统有空气是造成转向沉重的原因之一。
（ √ ）

81. 为防止静电着火,运送油料的油罐车,必须要有接地铁链。
（ √ ）

82. 柴油发动机在进气行程中吸入的是一定配比的可燃混合气。
（×）

83. 叉车上限速阀的功用主要是限制叉车行驶的车速,以保证安全。
（×）

84. 叉车上制动装置有二套,一是机械式的脚制动器;二是液压式的手制动器。
（×）

85. 叉车可以随意停放在纵坡大于5%的路段上。
（×）

86. 叉车在运行中应时刻将脚搁在离合器踏板上,便于控制车速。
（×）

87. 蓄电池经过使用,应添加电解液或自来水。
（×）

88. 场(厂)内机动车辆运输指的是为了适应生产的需要,在场(厂)区内部所进行的装卸、运输工作。
（√）

89. 场(厂)内机动车辆作业员只要随身携带《特种设备作业人员证》就可以上道路行驶作业。
（×）

90. 驾驶员应根据道路情况减速,以提高轮胎使用寿命。
（√）

91. 新车、大修车在走合期不应拖带抛锚车辆。
（√）

92. 职业道德是整个道德体系的一个组成部分。
（√）

93. 检查燃油箱油量可用明火照明。
（×）

94. 例保是指每日行驶中的检查。
（×）

95. 误差与运行时间有一定的关系,驾驶员在连续行驶1h之后,误差率会超过50%,这也是一种心理状态影响的结果。
（√）

96. 装载危险品行驶时,不要急骤起步,紧急停车。
（√）

97. 正式驾驶员没有携带操作证开车,不能说他违章无证驾驶。
（×）

98. 机动车辆的制动器、转向器、喇叭、灯光、雨刷和后视镜必须齐全有效,行驶途中上述部件发生故障,要注意谨慎行驶。
（×）

99. 场(厂)内机动车辆或者其零部件,达到或者超过执行标准或者技术规程规定的寿命期限后应予报废处理。 （√）

100. 油罐车起火,可用水扑救,既能灭火又能冷却。 （×）

101. 蓄电池在使用中,也会发生爆炸事故。 （√）

102. 检验电瓶是否有电,最简单的办法可在电池电柱上刮火。

（×）

103. 油箱补焊,只要用水冲掉油箱内存油,就能补焊。 （×）

104. 二氧化碳灭火机瓶内装的是二氧化碳气体。 （√）

105. 劳动者在劳动过程中,应当正确使用劳动防护用品。 （√）

106. 对在消除重大危险、危害因素,防止伤亡事故方面取得显著成绩的个人,由市、区县人民政府给予表彰、奖励。 （√）

107. 驾驶员对信号刺激物的反应时间,听觉、触觉最短,痛觉最长。 （√）

108. 驾驶员制动车辆的反应时间,是从看到制动信号到踩下制动踏板的时间,往往因情绪和健康状况的变化而不同,身体健康,精神状态好,反应就快;反之反应就慢。 （√）

109. 为了保证安全,电瓶叉车电气系统中装有电路总开关,刹车联锁装置、过电熔器、零位保护器等保护装置。 （√）

110. 车辆起步时,要平稳结合离合器,换挡时要迅速分离离合器。

（√）

111. 齿轮式有级变速器是通过拨叉完成换挡动作。 （√）

112. 动力换挡变速器是通过拨叉完成换挡动作。 （×）

113. 车辆刹车跑偏主要是由车轮制动效力不一致造成的。（√）

114. 车辆行驶时,转向轮摇摆的原因是转向球头松旷或轴承松旷等。 （√）

115. 场(厂)内机动车辆最高时速不得超过 20 km/h,场(厂)区内部最高时速不得超过 10 km/h,仓库、车间内最高时速不得超过 3 km/h。 （√）

116. 为了使轮胎的磨损尽可能均匀,因此要定期地进行轮胎换位。　（ √ ）

117. 发动机冷却系分为水冷式与风冷式两种。　（ √ ）

118. 只要不超载就可预防轮胎早期磨损。　（ × ）

119. 横拉杆两端的螺纹都是正向螺纹。　（ × ）

120. 叉车使用中起重量与货叉的载荷中心距无关。　（ × ）

121. 经单位领导同意,驾驶员可把车辆交给其他人员使用。

　（ × ）

122. 车辆在坡度上起步或通过困难路面时应选择高速挡。（ × ）

123. 蓄电池电解液应比重适当,电解液充足,电解液面的高度与极板一样高。　（ × ）

124. 电瓶车超负载也是引起车速降慢的原因之一。　（ √ ）

125. 全液压转向系统中有空气是造成转向沉重的原因之一。

　（ √ ）

126. 机械变速器齿轮箱使用润滑油一般选用 10 号或 20 号齿轮油。　（ √ ）

127. 液力变矩器是装载机上的一种能在一定范围内进行无级变速的液压部件。　（ √ ）

128. 驾驶机动车辆作业时不能打手提电话,但可以用耳塞接听。

　（ × ）

129. 机动车辆下陡坡时,不准熄火或空挡滑行。　（ √ ）

130. 机动车辆上陡坡时采用慢速挡的作用是增加驱动轮的扭矩。

　（ √ ）

131. 制动系统左右制动蹄间隙一样,容易刹车跑偏。　（ × ）

132. 坡道分力是使车辆丧失横向稳定性的外力之一。　（ √ ）

133. 稳定性是保证叉车安全作业的最重要条件。　（ √ ）

134. 沿曲线运动的物体将产生离心力,离心力是使车辆横向倾覆的主要外力。　（ √ ）

135. 叉车在作业行驶中,其合成重心位置每个瞬时都不变。

（×）

136. 叉车重心位置越低,对纵向稳定越有利,对横向稳定越不利。

（×）

137. 叉车在作业时的稳定性与驾驶员操作无关。 （×）

138. 叉车重心高与低与稳定性没有内在联系。 （×）

139. 通常所讲的制动距离就是从驾驶员开始踏下制动踏板到完全停住时车辆所行驶的距离。 （√）

140. 在拆卸轮胎时,应放完轮胎内的余气。 （√）

141. 对制动装置的要求是完好、工作可靠、吸收能量快。 （√）

142. 制动器起作用的时间与驾驶员踩下制动踏板的速度无关。

（×）

143. 只有交流电才会发生触电事故,故电瓶叉车不会发生触电事故。 （×）

144. 内燃叉车可以进入化学危险品仓库作业。 （×）

145. 叉车上的方向阀控制进入液压油缸的流量。 （√）

146. 附着力的大小与附着系数的变化无关。 （×）

147. 全液压叉车的变速箱,是改变行驶速度和牵引力的主要部件。 （√）

148. 叉车上的安全阀控制起升油缸的下降速度。 （√）

149. 车辆方向盘的最大自由转动盘从中间位置向左、右各不得大于30度。 （√）

150. 为便于装卸特殊体积货物的需要,允许拆卸档货架作业。

（×）

151. 人的一切行动都是受心理活动控制的,而人的心理活动又都是受周围存在的客观事物影响的。 （√）

152. 人的行动、动作正确与否,与心理状态无关。 （×）

153. 造成事故的原因主要是物的不安全状态与人的行为无关。

（×）

154. 制动开始时的车速,与制动距离无关。 （×）

155. 造成车辆横向倾翻的原因是车辆转弯时速度过快。 （√）

156. 车辆例保或日常保养是在各级保养基础上,以清洁、检查为中心。 （√）

157. 良好的驾驶道德就是一个驾驶员具有对人民高度负责的具体表现。 （√）

158. 场(厂)内车辆驾驶员从事的工作具有一定的危险性,在作业时除加强自我保护外,更重要的是要时刻保护他(她)人的生命安全和财物的安全。 （√）

159. 夏季高温季节中午装运易燃易爆物品时,要时刻注意安全行车。 （×）

160. 叉车采用前轮为驱动轮,后轮为转向轮,前轮能通过的地方后轮不一定能通过,是因为后轮外缘的转弯半径要大于前轮外缘的转弯半径。 （√）

161. 道路交通参与者的违章行为是诱发道路交通事故的主要原因之一。 （√）

162. 作为场(厂)内机动车辆驾驶员只要有熟练的操作技术就行,至于职业道德无关紧要。 （×）

163. 驾驶员必须加强职业道德方面的修养,这是对从事特种设备作业人员提出的最基本的职业要求。 （√）

164. 发动机由曲柄连杆机构、配气机构、燃料供给系统、传动系统、润滑系统、冷却系统和启动装置等组成。 （×）

165. 汽油发动机和柴油发动机使用的燃料不同,但点火方式一样。 （×）

166. 发动机的作用是将燃料燃烧的热能转变为机械能,为驱动车辆行驶提供动力。 （√）

167. 由进气、压缩、做功、排气过程组成的循环叫发动机的工作循环。 （ √ ）

168. 水温过高过低不会破坏发动机的正常工作。 （ × ）

169. 叉车的传动系统主要由离合器、变速器、传动装置和驱动桥等组成。 （ √ ）

170. 电瓶叉车液压系统压力由电动机供给。 （ × ）

171. 因电瓶车采用电动机驱动,减速齿轮,差速器等结构都可以取消,所以结构简单。 （ × ）

172. 液压脚制动器由制动总泵推动制动蹄压紧轮壳进行制动。 （ √ ）

173. 离合器的作用是使发动机与传动系统平稳地结合或彻底地分离,便于起步和换挡,以防止传动系统超过承载能力。 （ √ ）

174. 不同车型的离合器踏板自由行程都是一样的。 （ × ）

175. 离合器分离不彻底的主要原因有:踏板自由行程过大,分离杠杆内端不在同一平面 ,从动盘翘曲或摩擦片过厚等。 （ √ ）

176. 差速器的作用是使驱动桥的左右车轮以不同的速度旋转并传递扭矩。 （ √ ）

177. 转向系统的作用是在驾驶员的操纵下改变或保持车辆行驶的方向 （ √ ）

178. 液压制动系主要由制动总泵、分泵、车轮制动器、油管和制动踏板等组成。 （ √ ）

179. 行车制动装置的作用是使停驶的车辆保持不动。 （ × ）

180. 蓄电池的接柱上,刻有"＋"号为负极,以红签标示;刻有"－"号为正极。 （ × ）

181. 燃烧后的产物,一般具有窒息性和毒性。 （ √ ）

182. 液压制动主要依靠真空泵增压器来制动。 （ × ）

183. 物质的可燃性随条件变化而变化。 （ ✓ ）

184. 柴油发动机与汽油发动机点火方式不一样,但都是点燃混合气使之燃烧。 （ ✗ ）

185. 变速器是叉车传动系中改变扭矩和转速的机构。 （ ✓ ）

186. 全液压转向系统由机械转向器和助力器构成。 （ ✗ ）

187. 将几个蓄电池串联后,总电压仍为单个蓄电池的电压,而电流则等于各个蓄电池电流的总和。 （ ✗ ）

188. 使用蓄电池时应保持液面高出极板 10~15mm。 （ ✓ ）

189. 使用启动电机时,若连续启动时间过长将造成蓄电池大量放电和启动机线圈过热冒烟,极易损坏机件。 （ ✓ ）

190. 图中警告标志为不要站在护顶架前面,门架意外的移动会造成事故。 （ ✓ ）

191. 图中标志为停放叉车时应将货叉降到最低并前倾门架,使货叉安全平置于地面上。 （ ✓ ）

192. 图中警告标志为等待行人穿过货叉。　　　　（ × ）

193. 图中警告标志为不允许将手或东西靠近转动的风扇叶片。

（ √ ）

194. 图中警告标志为晚造成触电事故。　　　　（ × ）

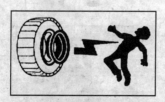

195. 图中警告标志为允许行人站在货叉上行走或起升。　（ × ）

196. 图中"停止使用"是车辆出现故障需要修理或暂时不使用的
    安全告示。 （ √ ）

197. 图中所示为注意加油或检查蓄电池时吸烟或有明火可能发
    生爆炸。 （ √ ）

198. 图中所示为注意地板的支撑强度。 （ × ）

199. 图中所示为上下坡道时,应让货物在斜坡较高的一侧。 （ √ ）

200. 图中所示警告符号为提醒直接的危险。 （ √ ）

201. 图中所示警告符号为注意危险和不安全因素。 （ √ ）

202. 交通信号灯由红灯、绿灯和黄灯组成。 （ √ ）

203. 交通标志分为:指示标志、警告标志、禁令标志、指路标志、道路施工标志和辅助标志等。 （ √ ）

204. 驾驶人员不得驾驶安全设施不全或机件不符合技术标准等具有安全隐患的机动车。 （ √ ）

205. 实习驾驶员可以驾驶运输危险物品的车辆。　　　（×）

206. 运输、装卸作业中的危险品是指在工业与民用中那些易燃、易爆、剧毒、放射性等物品。　　　（√）

207. 当驾驶员踏下制动踏板开始制动时,轮胎与路面之间即出现路面制动力。路面制动力越大,停车就越快,制动距离就越长。　　　（×）

208. 叉车工作装置液压系统中的溢流阀的功用是保护液压系统元件不致损坏,防止系统超载。　　　（√）

209. 搬运车也属于厂内机动车辆。是指能自行的、小型的、搬运货物的平车,用于货物的搬运。　　　（√）

210. 发生事故刹那间肇事者的心理状态,一般有以下几种：（√）

(1) 好奇心、好胜心 ;

(2) 习以为常,思想麻痹;

(3) 性急贪快;

(4) 违反劳动纪律;

(5) 侥幸心理;

(6) 心慌恐惧。

211. 场(厂)内机动车驾驶员应忠于职守,钻研技术,不断提高业务能力,遵守各项规章制度,严格执行操作规程,以优良的技能提高自己的工作质量。　　　（√）

212. 违章超速,不全面观察,瞭望不够,事故判定驾驶员负全责。　　　（√）

213. 驾驶员违反厂内限速规定,超速行驶,判断失误,又未鸣号,事故判定驾驶员负全责。　　　（√）

214. 驾驶员酒后违章开车,事故判定驾驶员负全部责任。（√）

215. 违章装载货物,驾驶员途中未作检查,应负一定责任,事故判定由肇事者负大部分责任。　　　（√）

216. 生产活动是人类的基本活动,在道德体系的三大部分中,职

业道德占有十分重要的地位。　　　　　　　　（ √ ）

217. 方向盘的自由行程一般规定最大不超过 45℃。　（ × ）

218. 较多场(厂)内车辆驾驶员只会开车不会排故,这同驾驶员的
职能很不适应。　　　　　　　　　　　　　（ √ ）

219. 全液压车亦可称为容积式传动叉车。　　　　（ √ ）

220. 轮子与联动轴相互位置装错是造成转向失灵的原因之一。

　　　　　　　　　　　　　　　　　　　　（ √ ）

221. 液压系统中的溢流阀具有二种作用,当起限压作用时作安全
阀用,起定压作用时作溢流阀用。　　　　　　（ √ ）

222. 工作油缸,是将液体的压力能转化为机械能的能量转换装
置,用来驱动工作机构的运动,它是液压传动系统的控制部
分。　　　　　　　　　　　　　　　　　　（ × ）

223. 两车相会时,应空车让重车,室内车让室外车,支线车让干线
车。　　　　　　　　　　　　　　　　　　（ √ ）

224. 场(厂)内机动车辆包括:叉车、铲车、牵引车、平板车、液压
车、装载机、电瓶车等一些场(厂)内装卸运输车辆。　（ √ ）

二、单项选择题

1. 中华人民共和国境内(C)以及与道路交通活动有关的单位和
个人,都应当遵守《道路交通安全法》。
   A. 车辆驾驶员、行人　　　　　B. 车辆驾驶员、乘车人
   C. 车辆驾驶员、行人、乘车人

2. 县级以上地方各级人民政府(C)负责本行政区域内的厂内机动
车辆安全管理工作。
   A. 管理部门　　　　　　　　B. 公安机关交通管理部门
   C. 特种设备监督管理部门

3. 场(厂)内机动车辆的登记,分(C)和报废审核制度。
   A. 购置、转移　　　　　　　B. 购置、变更
   C. 购置、变更、转移

4. 驾驶场(厂)内机动车辆行驶,作业时应随身携带(B)。

    A. 驾驶证   B. 特种设备作业人员证

    C. 身份证

5. 特种设备操作人员驾驶场(厂)内机动车辆行驶作业时,应当对机动车辆的(B)进行认真检查。

    A. 燃料   B. 安全技术性能

    C. 车容车貌

6. 特种设备监督管理部门对场(厂)内机动车辆实行每(A)定期检验一次,未经检验或检验不合格的或者检验合格标志超过有效期的不得使用。

    A. 1年   B. 2年

    C. 6个月

7. 国家实行机动车强制报废制度,根据机动车的(A)规定不同的报废标准。

    A. 安全技术状况和不同用途 B. 使用年限

    C. 行驶里程

8. 驾驶场(厂)内机动车辆,应当依法取得(A)。

    A. 特种设备作业人员证   B. 驾驶证

    C. 企业内部通行证

9. 《道路交通安全法》中所称的"交通事故"是指(A)在道路上因过错或者意外造成的人身伤亡或者财产损失事件。

    A. 车辆   B. 机动车

    C. 非机动车

10. 对安排无特种设备作业证人员上岗的单位按每一无证人员处以(C)元罚款。

    A. 3 000元以下   B. 5 000元以下

    C. 10 000元以下

11. 制造企业的整个生产过程即是(C)。

A. 加工—搬运—加工　　　　B. 加工—加工—搬运

C. 搬运—加工—搬运

12. 车辆各部位在发动机运转及停车时,应无(A)和漏气现象。

A. 漏油、漏水、漏电　　　　B. 漏油

C. 漏水、漏电

13. 车辆方向盘的最大自由转动盘从中间位置向左、右各不得大于(A)度。

A. 30°　　　　　　　　　　　B. 35°

C. 40°

14. 国家对持有特种设备操作证资格的作业人员实行每(B)年进行定期复审制度。

A. 1年　　　　　　　　　　　B. 2年

C. 3年

15. 大部分肇事的机动车驾驶员都有一个共同的弱点,即存在着(A)心理,以为"不会那么巧"。

A. 侥幸　　　　　　　　　　　B. 恐慌

C. 习以为常

16. 车辆行驶作业时,发动机水温应经常保持在(B)。

A. 65～75℃　　　　　　　　B. 80～90℃

C. 95～100℃

17. 场(厂)内机动车辆在厂区内最高车速按国家标准为(A),仓库或车间内最高车速为3 km/h。

A. 10 km/h　　　　　　　　　B. 5 km/h

C. 3 km/h

18. 在滑溜的路面上制动时最容易使车轮打滑,当出现车轮拖带现象时,车辆会出现(C)。

A. 倾翻　　　　　　　　　　　B. 倒溜

C. 侧滑

19. 良好的职业道德是保障安全行车的(C)。

    A. 基本要求   B. 一般要求

    C. 重要条件

20. 车辆转弯时,离心力大小和车速的关系是(A)。

    A. 和车速的平方成正比   B. 和车速的平方成反比

    C. 和车速成正比

21. 发生事故后,应严格区分责任,严肃处理事故,按规定对事故处理要做到(B)。

    A. 清理现场   B. 三不放过

    C. 向领导汇报

22. 场(厂)内机动车辆驾驶员,除其他必备条件外,年龄还必须满(B)。

    A. 16 周岁   B. 18 周岁

    C. 20 周岁

23. 车辆上坡时变速器换低挡位行驶的目的是(C)。

    A. 降低发动机转速   B. 增加发动机动力

    C. 加大变速比,增加驱动轮扭矩

24. 场(厂)内机动车辆驾驶员,必须具有高度责任感,牢固树立(C)的思想。

    A. 生产第一   B. 质量第一

    C. 安全第一

25. 驾驶员视觉的反应时间,是驾驶员受光刺激后的反应时间,为(A)。

    A. 0.10~0.15 s   B. 0.20~0.25 s

    C. 0.3~1 s

26. 人的视觉在明暗之间转换时,适应性不一样,从明处转到暗处,等眼睛习惯、视力恢复叫暗适应,所需时间为 (B)。

    A. 15 min   B. 10 min

C. 5 s

27. 当出现险情时,驾驶员一般要在(A)时间内迅速作出正确判断,采取相应的措施。

    A. 0.5~1 s   B. 2~5 s

    C. 10 s

28. 如果轮胎外侧顺线裂口,应当(B)。

    A. 放气减压   B. 及时换胎

    C. 给内胎充气

29. 发动机润滑系统内的油面必须保持适当高度,检查油面高度时,应把车停放在平坦的地方,并在(A)检查。

    A. 未启动前   B. 熄火后 5 min

    C. 启动时

30. 发动机机油压力始终过低时,应先(B)检查机油量。

    A. 看压力表   B. 看机油尺刻度

    C. 看机油滤芯

31. 机油压力不足,主要是机油量不足,此外,还有机油滤芯不良、(C)等原因。

    A. 仪表不准确   B. 机油加油口盖不牢固

    C. 机油滤芯器脏污堵塞

32. 车辆制动时,如果前轮单侧制动器起作用,将会引起车辆(C),此时极易发生事故。

    A. 侧滑   B. 溜车

    C. 跑偏

33. 机油压力表是用来检测发动机(A)工作情况的。

    A. 润滑系统   B. 冷却系统

    C. 传动系统

34. 水温表是用来指示发动机内部(B)的工作情况的。

    A. 节温器   B. 冷却系统

C. 散热器

35. 柴油发动机在低温地区或冬季难以启动,原因是(C)。

    A. 柴油的质量问题　　　　B. 柴油的易蒸发性

    C. 温度不足以使柴油雾化

36. 在行驶中,发动机突然过热的原因是(A)。

    A. 水管爆裂　　　　　　　B. 发动机工作不良

    C. 百叶窗散热不良

37. 当车辆要下长坡采取紧急制动时,驾驶员感觉到制动踏板"发软"的主要原因是(B)。

    A. 踏板踩得过急　　　　　B. 制动器温度偏高

    C. 制动器完全失效

38. 车辆转弯或在不平道路上行驶时,左右驱动轮(C)。

    A. 以相同的速度滚动　　　B. 不滚动

    C. 以不同的速度滚动

39. 在严寒地区或冬季,作业前应对发动机(C)以便于启动发动机或减少机件磨损。

    A. 多加点机油　　　　　　B. 进行保温

    C. 预热加温

40. 驾驶车辆确保安全的准则是(C)。

    A. 熟练的操作技术　　　　B. 性能完好的车辆

    C. 熟练的操作技术和严格遵守安全操作规程

41. 在冰雪路面上,使用方向盘应(B)。

    A. 猛打方向盘　　　　　　B. 避免猛打方向盘

    C. 不要打方向盘

42. 在冰路上驾驶车辆作业时,应保持中速或低速行驶,(C)猛抬或急踏加速踏板。

    A. 允许　　　　　　　　　B. 适当

    C. 禁止

43. 在冰路上行驶,应尽量利用(A)的牵制作用降速。

    A. 发动机　　　　　　　B. 手制动器

    C. 脚制动器

44. 在一般下坡道上因特殊情况临时停车时(A)。

    A. 应使发动机熄火,拉紧手制动器,将变速杆挂入倒挡

    B. 应使发动机熄火,将变速杆挂入一挡

    C. 拉紧手制动,可以不熄火,将变速杆放在空挡

45. 车辆行经较长下坡道时,应运用发动机控制车速,并采用(C)。

    A. 不制动　　　　　　　B. 连续制动

    C. 断续制动

46. 作业或行驶中急遇轮胎爆裂应当(B)。

    A. 抢挡减速　　　　　　B. 把稳方向,平稳停车

    C. 低速行驶,找地方更换轮胎

47. 车辆横向翻车的原因是(A)。

    A. 转弯时速度过快　　　B. 超载行驶

    C. 避让行人

48. 液压制动系车辆制动性能变差的主要原因是(B)。

    A. 制动踏板自由行程变小　B. 液压制动系有空气

    C. 制动总泵内有空气

49. 排气管"放炮"的主要原因是(A)。

    A. 混合气过浓　　　　　B. 点火时间过早

    C. 发动机过冷

50. 为了清除机油中的杂质,减轻机件磨损,发动机润滑系统装有(C)。

    A. 机油　　　　　　　　B. 空气滤清器具

    C. 机油滤清器

51. 在离合器结合的情况下,为了使发动机的动力不能传递驱动轮,必须将变速器的变速杆置于(B)。

A. 前进位置　　　　　　　B. 空挡位置

C. 倒挡位置

52. 夏季如遇冷却水沸腾时(C)。

A. 应立即停车加入冷却水　B. 不可停车,要减速作业

C. 应停车,待发动机怠速运转数分钟后再加入冷却水

53. 汽油发动机可燃混合气过浓的原因是(B)。

A. 阻风门处于打开位置

B. 空气滤清器太脏或加入机油过多

C. 气门烧蚀或关闭不严

54. 冬季收车后,为了防止发动机冷却箱结冰,必须放水,放水时应(C)。

A. 打开各放水开关

B. 用手转动曲轴,加速冷却水排出

C. 打开各放水开关,打开散热器盖

55. 社会主义职业道德最根本的一条是(C)。

A. 向社会负责　　　　　　B. 相互协作

C. 为人民服务

56. 场(厂)内机动车辆驾驶员必须做到"四懂",除了懂原理、懂构造、懂性能外,还必须(A)。

A. 懂交通法规　　　　　　B. 懂保养

C. 懂检测

57. 如发动机第一次不能成功启动,应间隔(C)再启动。

A. 10 min 左右　　　　　　B. 5 min 左右

C. 2 min 左右

58. 倾斜油缸自动前倾的原因是(A)。

A. 油缸内密封件损坏　　　B. 超载

C. 行车时车辆跳动频繁

59. 电瓶车的抱闸刹车的工作面间隙,应调整在(A)范围。

A. 2～3 mm   B. 3～4 mm

C. 4～5 mm

60. 柴油发动机进气行程和汽油发动机不同,它所进的是(C)。

A. 柴油   B. 混合气

C. 空气

61. 活塞距离曲轴回转中心最远处的点称为(A)。

A. 上止点   B. 下止点

C. 容积

62. 叉车装货时的操作规程是(A)。

A. 在水平或稍向后倾位置升高

B. 前倾位置升高

C. 直接升高运行

63. 叉车卸货时的操作规程是(A)。

A. 在水平或后倾位置下降

B. 先前倾后水平下降

C. 直接下降

64. 叉车叉取货物时的操作规程是(A)。

A. 货叉稍向前倾   B. 货叉稍向后倾

C. 货叉任意叉取

65. 喇叭不响、灯光不亮、方向器不灵、安全设备不齐全和(B)是"五不出车"的具体规定。

A. 启动不良   B. 刹车不灵

C. 燃油不足

66. 车辆技术状况的好坏对安全行车起着重要的作用,其中以(A)技术状况影响最大。

A. 转向和制动系统   B. 车轮

C. 灯光和喇叭

67. 驾驶员必须做到"三个过得硬",即安全设备过得硬、复杂情况下过得硬和(B)。

　　A. 安全措施过得硬　　　　　B. 操作技术过得硬

　　C. 心理素质过得硬

68. 在气缸里,活塞从上止点移动到下止点所让出的空间称为(B)。

　　A. 活塞行程　　　　　　　　B. 工作容积

　　C. 燃烧容积

69. 气缸总容积与燃烧室容积比值称为(C)。

　　A. 冲程　　　　　　　　　　B. 行程

　　C. 压缩比

70. 蓄电池的负极板总是比正极板(B)。

　　A. 相等　　　　　　　　　　B. 多1片

　　C. 少1片

71. 四行程发动机一个工作循环曲轴旋转(C)。

　　A. 360°　　　　　　　　　　B. 180°

　　C. 720°

72. 电瓶叉车电动机的电压一般为(A)。

　　A. 48 V　　　　　　　　　　B. 60 V

　　C. 220 V

73. 电瓶叉车,电锁打开后车辆状态是(C)。

　　A. 油泵电机转动,行走电机不转动

　　B. 油泵电机不转动,行走电机转动

　　C. 油泵电机不转动,行走电机不转动

74. 调整转向轮的前束是(B)组件。

　　A. 直拉杆　　　　　　　　　B. 横拉杆

　　C. 转向臂

75. 车辆在紧急制动时应(B)。

　　A. 同时踏下刹车踏板和离合器踏板

B. 踏下刹车踏板同时拉紧手刹车

C. 先踏离合器再紧急踏刹车踏板

76. 车辆行驶中,脚不要搁在离合器踏板上运行的目的是为了保护(C)。

A. 离合器压盘　　　　　B. 离合器分离杠杆

C. 离合器分离轴承

77. 离合器分离不彻底主要调整(C)。

A. 摩擦片　　　　　　　B. 分离轴承

C. 分离杠杆

78. 电瓶车倒车是通过(A)完成的。

A. 电动机反转　　　　　B. 齿轮箱反转

79. 机械变速箱内加注的润滑油为(B)。

A. 机油　　　　　　　　B. 齿轮油

C. 油脂

80. 已经取得特种设备作业证的人员,每(B)复审一次。

A. 1 年　　　　　　　　B. 2 年

C. 3 年

81. 当车辆转弯时,差速器两只半轴齿轮旋转情况是(B)。

A. 转速相等　　　　　　B. 转速不等

C. 两只齿轮不转

82. 当车辆在路上直线行驶时,差速器两只半轴齿轮旋转情况是(A)。

A. 转速相等　　　　　　B. 转速不等

C. 两只齿轮不转

83. 液压系统中安全阀的作用为(B)。

A. 控制系统压力　　　　B. 控制系统流量

C. 控制系统方向

84. 叉车液压传动装置动力部分是指(A)。

A. 油泵   B. 电动机

C. 发动机

85. 叉车液压传动装置中,其执行机构是指(A)。

    A. 液压油缸   B. 溢流阀

    C. 换向阀

86. 叉车装载行驶时,铲件离地高度最大不得大于(A)。

    A. 500 mm   B. 200 mm

    C. 300 mm

87. 叉车满载行驶时,如合成重心靠后(B)。

    A. 有利于纵向稳定   B. 有利于横向稳定

    C. 纵向和横向均有利

88. 从事特种设备作业的人员,经专门的培训和考核,取得(C)证后,方可独立操作。

    A. 上岗证   B. 技能证

    C.《特种设备作业人员证》

89. 特种设备使用单位应当聘(雇)用取得(B)的人员从事相关管理和作业工作。

    A.《安全证》   B.《特种设备作业人员证》

    C.《职业技能证》

90. 影响制动距离的主要因素是(C)。

    A. 踏板力   B. 制动器力

    C. 附着力

91. 路面状况的附着系数越大,车辆制动距离(A)。

    A. 越短   B. 越长

    C. 无关

92. 制动开始时的车速对制动距离的影响(C)。

    A. 一般   B. 较大

    C. 特别大

93. 场(厂)内机动车辆由(C)来负责安全使用。
    A. 特种设备作业人员　　　B. 检验检测机构
    C. 使用单位

94. 车辆行驶时的稳定性是指(C)。
    A. 横向稳定性　　　　　　B. 纵向稳定性
    C. 横向稳定性和纵向稳定性

95. 车辆上下坡时,驾驶员主要考虑(A)。
    A. 纵向稳定性　　　　　　B. 横向稳定性
    C. 横向和纵向稳定性

96. 车辆转弯时,驾驶员要考虑(B)。
    A. 纵向稳定性　　　　　　B. 横向稳定性
    C. 横向和纵向稳定性

97. 控制货叉下降快慢的是(C)。
    A. 溢流阀　　　　　　　　B. 安全阀
    C. 限速阀

98. 叉车作业时,决定液压动作速度快慢的因素是(B)。
    A. 压力大小　　　　　　　B. 流量大小
    C. 流速大小

99. 液压变矩器中(A)与发动机连接。
    A. 泵轮　　　　　　　　　B. 涡轮
    C. 导轮

100. 液力变矩器中(B)与动力换挡箱连接。
    A. 泵轮　　　　　　　　　B. 涡轮
    C. 导轮

101. 液力变矩器中(C)起变矩作用。
    A. 泵轮　　　　　　　　　B. 涡轮
    C. 导轮

102. 液力变矩器由(B)组成。

A. 泵轮和涡轮　　　　　　B. 泵轮、涡轮和导轮

C. 涡轮和导轮

103. 液力变矩器的车辆,在下坡时涡轮的转速(B)大于泵轮。

A. 不可能　　　　　　　　B. 可能

104. 全液压转向器的车辆,发动机转速高,转向速度也高(A)。

A. 不可能　　　　　　　　B. 可能

C. 无关

105. 发动机转速高,全液压转向器操纵方向盘的力就小(A)。

A. 不可能　　　　　　　　B. 可能

C. 无关

106. 方向盘操纵时,左右转角不等应调整(C)。

A. 横向拉杆　　　　　　　B. 直拉杆

C. 转向限位螺钉

107. 汽油发动机使用含铅的汽油主要目的是(B)。

A. 提高热效能　　　　　　B. 提高燃烧时的抗爆性

C. 减少排放污染

108. 含有四乙铅的汽油(B)。

A. 无毒　　　　　　　　　B. 有毒

C. 无关

109. 车辆传动装置用的齿轮油在冬季应选用(A)。

A. 凝点较低、粘度较小的牌号

B. 粘度较大、凝点较高的牌号

110. 车辆转向器内加(C)润滑。

A. 润滑脂　　　　　　　　B. 机油

C. 齿轮油

111. 电瓶车起火一般用(B)灭火。

A. 泡沫灭火器　　　　　　B. 二氧化碳灭火器

C. 水

112. 临时动用明火,需执行三级动火制度,车辆属于(C)。

    A. 危险性不大场所

    B. 危险性比较大、重点要害部门

    C. 特别危险区域

113. 夏季高温季节,在中午(C)装运、领发易燃品。

    A. 可以   B. 不可以

    C. 严禁

114. 泡沫灭火机喷出泡沫覆盖在燃烧物表面,达到灭火目的,泡沫的作用是(A)。

    A. 隔绝空气   B. 冷却

    C. 隔绝燃烧物

115. 从事特种作业的劳动者必须经过专门培训并取得特种作业资格是根据(C)的规定。

    A. 宪法   B. 地方法规

    C.《特种设备安全监察条例》

116. 扑救贵重设备、档案资料、仪器仪表、600V以下的电器及油脂类火灾用(C)。

    A. 泡沫灭火器   B. 干粉灭火器

    C. 二氧化碳灭火器   D.“1211”灭火器

117. 扑救油脂类石油产品及一般固体物资的初起火灾,一般用的是(A)。

    A. 泡沫灭火器   B. 干粉灭火器

    C. 二氧化碳灭火器   D.“1211”灭火器

118. 扑救油类、精密机械设备、仪表、电子仪器及文化图书、档案、贵重物品火灾一般用(D)。

    A. 泡沫灭火器   B. 干粉灭火器

    C. 二氧化碳灭火器   D.“1211”灭火器

119. 根据叉车安全操作规定,货叉载货下降时,发动机应(B)。

A. 熄火   B. 保持怠速状态

C. 加大油门   D. 中速运转

120. 车辆修理时,应用的照明是(C)。

A. 行灯   B. 36 V 行灯

C. 手电筒

121. 自燃是在一定环境下(C)引起燃烧。

A. 明火   B. 摩擦

C. 自行氧化产生热量

122. 叉车的液压系统使用的分配阀为(A)。

A. 组合阀   B. 气压阀

C. 机械阀

123. 叉车不该停放在坡度大于(B)的路段上。

A. 2%   B. 5%

C. 10%

124. 稳定性是保证叉车安全作业的(A)条件。

A. 最重要   B. 不可忽视

C. 最基本

125. 蓄电池放电后必须在(B)内及时补充充电。

A. 12 h   B. 24 h

C. 48 h

126. 发动机润滑油的作用是(C)。

A. 润滑、冷却、减少阻力

B. 冷却、润滑、密封、散热

C. 冷却、润滑、清洗、密封

127. 一般喷油器喷油不正常、燃烧不良、所冒的烟是(C)。

A. 白烟   B. 蓝烟

C. 黑烟

128. 电瓶车一级保养(C)。

A. 由驾驶员为主、维修工人配合

B. 由维修工人为主、驾驶员配合

C. 由修理工负责

129. 限制车辆最小转弯半径的是(C)。

A. 方向盘   B. 转向器

C. 转向节上止动螺钉

130. 在人、事、物等诸要素中,最主要的因素是(A)。

A. 人   B. 事

C. 物

131. 造成发动机排气冒白烟的原因是(A)。

A. 冷却水窜入气缸   B. 机油窜入气缸

C. 燃油窜入气缸

132. 交通警告标志牌一般为(B)。

A. 圆形   B. 等边三角形

C. 长方形

133. 燃烧从科学意义上讲,是属于(C)性质的激烈氧化反应。

A. 发光   B. 发热

C. 发光、发热

134. 叉车起步时,左脚掌抬起离合器踏板时应(A)。

A. 平稳缓慢   B. 快速结合

C. 随意

135. 货物起升高度越高(B)。

A. 稳定性越好   B. 稳定性越差

C. 稳定性不受影响

136. 叉车载货运行时,必须使货叉(C)。

A. 前倾   B. 垂直

C. 后倾

137. 差速器是(B)的组成部分之一。

A. 行驶系　　　　　　　　B. 传动系

C. 转向系

138. 蓄电池液面下降,应添加(C)。

A. 自来水　　　　　　　　B. 过滤水

C. 蒸馏水

139. 蓄电池在使用过程中,用(C)擦去电池外壳盖上和连接线上的酸液和灰尘。

A. 酒精　　　　　　　　　B. 香蕉水

C. 苏打水　　　　　　　　D. 汽油

140. 电瓶车的直流电动机,是属于(B)。

A. 并激式　　　　　　　　B. 串激式

C. 复激式

141. 额定载荷为5 t的内燃叉车的制动形式通常采用(C)。

A. 机械式　　　　　　　　B. 液压式

C. 真空助力式

142. 车辆例保应由(A)来完成。

A. 驾驶员　　　　　　　　B. 修理工

C. 驾驶员和修理工共同

143. 车辆一级保养是以(D)为中心。

A. 小修　　　　　　　　　B. 调整

C. 清洁　　　　　　　　　D. 紧固、润滑

144. 车辆大修是(C)性质。

A. 运行性　　　　　　　　B. 常规性

C. 彻底恢复性

145. 地面制动力与车辆的运动方向(B)。

A. 相同　　　　　　　　　B. 相反

C. 无关

146. 场(厂)内机动车辆驾驶员两眼视力最低要求是(C)。

A. 0.5   B. 0.6

C. 0.7

147. 车辆仪表盘上的气压表、油压表的刻度单位是(B)。

A. kg/mm²   B. kg/cm²

C. kg/m²

148. 叉车的液压传动装置,包括(C)四个机构。

A. 动力、油泵、操纵、阀体

B. 动力、油泵、执行、操纵

C. 动力、操纵、执行、辅助

149. 转向机构横拉杆两端的螺纹(C)。

A. 都是右旋   B. 都是左旋

C. 一端为右旋一端为左旋

150. 叉车液压系统使用的油是(C)。

A. 机油   B. 柴油

C. 锭子油

151. 交通标志的白底、红边正圆形是表示(A)。

A. 禁令标志   B. 指示标志

C. 警告标志

152. 电流表指示蓄电池充放电的情况,其单位为(C)。

A. 伏特   B. 兆帕

C. 安培

153. 发生交通事故后,首先要抢救的是(C)。

A. 国家财产   B. 私有财产

C. 伤员

154. 人的视觉从暗到明适应时间为(A)。

A. 1 min   B. 2 min

C. 5 min

155. 场(厂)内机动车辆驾驶员在作业中除了做到自我保护外,更重要的是(C)。

    A. 保护设备   B. 保护国家财产

    C. 保护他(她)人的生命安全

156. 货叉的起升高度越低,越有利于车辆的(C)。

    A. 纵向稳定性   B. 横向稳定性

    C. 纵向和横向稳定性

157. 四行程内燃机的工作次序分别是(A)。

    A. 进气、压缩、做功、排气 B. 进气、排气、压缩、做功

    C. 进气、做功、压缩、排气 D. 做功、排气、压缩、进气

158. 型号为CPCD10平衡重式叉车其传动方式为(B)。

    A. 机械式传动   B. 动压传动

    C. 静压传动

159. 超载会导致(D),造成倾翻事故。

    A. 车速减慢   B. 车辆横向打滑

    C. 离心力增大   D. 稳定性破坏

160. 型号为CPQ3C平衡重式叉车是以(A)为动力的叉车。

    A. 汽油   B. 柴油

    C. 液态石油气

161. "十次肇事九次快",这是用鲜血和生命换来的教训,因此,厂内机动车辆驾驶员必须遵守限速规定,在厂区内部以不超过(B)速度为标准规范行车。

    A. 5 km/h   B. 10 km/h

    C. 15 km/h   D. 20 km/h

162. 从事危险品运输、装卸的特种作业人员,应每季度进行一次安全教育,每(C)进行一次复审考核,经考核合格,方准继续操作。

    A. 半年   B. 1 年

    C. 2 年   D. 3 年

163. 在装载运输易燃、易爆及化学危险物品时应严格遵守有关规

定,并配带必要的(A)。

A. 劳动防护用品　　　　B. 紧急救助电话

164. 厂内道路的主次干道最大纵坡一般不得大于 8%,经常运送易燃、易爆危险品的专用道路,最大纵坡不得大于(B)。

A. 8%　　　　　　　　B. 6%

C. 5%

165. 车辆启动应在几秒内启动,如不能启动,应间隔(B)再启动,以免造成电瓶放电过快和启动机过热而影响使用寿命。

A. 1 min　　　　　　　B. 2~3 min

C. 立即启动

166. 人的动作的正确与否,与人的心理状态(A)。

A. 有着密切的关系　　　B. 无关系

C. 有一定的关系

167. 人的不同性格和各种各样的不良情绪都会给(B)带来不同程度的影响。

A. 装卸作业　　　　　　B. 安全行车

C. 车辆稳定性

168. 路面制动力直接影响制动效果,在同样的条件下,(B),停车就越快,制动距离就越短。

A. 路面制动力越小　　　B. 路面制动力越大

C. 路面制动力无关

169. 制动效果的良好与否,主要取决于(A)。

A. 路面制动力的大小　　B. 驾驶员的操作技能

C. 车辆的行驶速度

170. 附着力和最大制动摩擦力越大,则(A)。

A. 制动距离越短　　　　B. 制动距离越长

C. 与制动距离无关

171. 附着力的大小随着附着系数(A)。

A. 变化而变化　　　　　B. 变化无关

172. 制动开始时的车速对制动距离(A)。

　　A. 影响特别大　　　　　B. 无影响

　　C. 稍有影响

173. 车辆的重心越高,离心力产生的横向倾翻力矩(B)。

　　A. 越小　　　　　　　B. 越大　　　　　C. 无关

174. 叉车或装载机在作业时,车辆的重心位置(A)。

　　A. 每个瞬时都在变　　　B. 不变　　　　　C. 无关

175. 车辆在上坡翻倒之前,可能因轮胎与道路附着力不够而(B)。

　　A. 发生倒溜　　　　　B. 发生倒滑

　　C. 无关

176. 叉车上的护顶架是保护(A)。

　　A. 驾驶员的安全　　　　B. 他人的安全

　　C. 货物的安全

177. 叉车液压系统(A)。

　　A. 必须装置安全阀　　　B. 不需装安全阀

　　C. 装与不装无所谓

178. 物质自燃点的高与低,与发生火灾危险性的大小(A)。

　　A. 有关　　　　　　　B. 无关

　　C. 无任何联系

179. 电瓶车使用直流电,一般认为(B)。

　　A. 不会发生触电事故　　B. 会发生触电事故

180. 发动机之所以要用润滑油润滑,主要是(A)的需要。

　　A. 润滑冷却,减小阻力　　B. 冷却清洗

　　C. 润滑清洗

181. 当车辆的稳定性被破坏时,则车辆(A)。

　　A. 必定倾翻　　　　　B. 发生侧滑

　　C. 不会改变原来状态

182. 沿曲线运动的物体将产生离心力,这个离心力力图使车辆(B)方向移动。

    A. 向离开转向中心   B. 向转向中心

    C. 向车辆轴线

183. 右图所示警告标志为 (B)。

    A. 造成伤害或死亡

    B. 提醒直接的危险

    C. 造成死亡

184. 图中(B)为正确启吊方法。

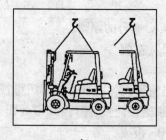 

    A.   B.

185. 图中所示为叉车负荷图,叉车负荷时的中心支点为(B)。

    A. 货物

    B. 前轮

    C. 叉车中部

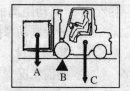

186. 图中所示操作动作是(C)。

    A. 锻炼身体

    B. 检查挡货架

    C. 调整货叉间距

187. 发动机保养工作是强制性的,定期保养更换机油应在叉车工作

(B)进行。

    A. 100~150 h   B. 200~300 h

    C. 400~600 h

188. 厂内机动车号牌应当悬挂在(A)指定位置,并保持清晰。

    A. 车前、车后   B. 车前

    C. 车后

189. 申请人应知应会考核过程中有舞弊行为的,取消本次考试资格,已经通过考试的其他科目成绩(A)。

    A. 无效   B. 有效

    C. 视具体情况而定

190. 场(厂)内机动车辆必须遵守(A)通行的原则。

    A. 右侧   B. 左侧

    C. 中间

191. 对违反安全管理规定的企业,特种设备监督管理部门可视情节轻重,并根据有关规定,分别给予通报、停驾和(C)处罚。

    A. 限期整顿   B. 报废

    C. 罚款

192. 影响制动距离的主要因素有:制动器起作用的时间、附着力、最大制动摩擦力和(B)等。

    A. 轮胎质量   B. 制动开始时的车速

    C. 路面状况

193. 驾驶员开始制动,车轮进入制动状态直到车辆完全停住这段距离称为车辆持续制动距离,持续制动距离与车速的平方成正比,即车速增加2倍,则持续制动距离要增加(C)倍。

    A. 1   B. 2

    C. 4

194. 制动软弱无力的主要原因是(B)。

    A. 漏油   B. 制动系统内有空气

C. 制动泵不起作用

195. 制动突然失效的主要原因是(A)和严重漏油。

    A. 制动总泵损坏　　　　　B. 制动蹄损坏

    C. 车轮抱死

196. 影响车辆丧失横向稳定性的主要外力有：坡道分力、侧向风力和(C)。

    A. 路面对车轮的垂直反作用力

    B. 最大制动摩擦力

    C. 转弯离心力

197. 叉车工作装置起升机构液压油路中,起升油缸进油口装置限速阀,其功用是限制(B)的速度,以保证安全。

    A. 货叉起升　　　　　　　B. 货叉下降

    C. 货叉前倾　　　　　　　D. 货叉后倾

198. 场(厂)内机动车辆驾驶员必须做到"四懂""三好四会""三个过的硬"。"四懂"是懂原理、懂性能、懂交通法则；"三好四会"就是对车辆要用好、管好、保养好、会操作、会排故、会检测、会保修；"三个过得硬"一是安全设备过得硬,二是操作技术过得硬,三是(C)。

    A. 思想品德过得硬　　　　B. 集中驾驶过得硬

    C. 复杂情况下过得硬

199. 气压制动车辆,车辆起步时气压应不低于(B)。

    A. 2 kg/cm³　　　　　　　B. 4.5 kg/cm³

    C. 6 kg/cm³

200. 叉车在基准无载状态以 20 km/h 车速行驶时,制动距离应不大于(B)。

    A. 10 m　　　　　　　　　B. 6 m

    C. 3 m

201. 叉车在基准满载状态以 10 km/h 车速行驶时,制动距离应不大于(B)。

A. 6 m   B. 3 m

C. 1 m

202. 货叉升高(A),严禁使用侧移器,以免造成叉车倾翻事故(A)。

A. 2.5 m   B. 2.0 m

C. 1.0 m

三、多项选择题

1. 劳动者发现(BC),有权要求用人单位采取相应的劳动保护
   措施。

A. 事故   B. 事故苗子

C. 不安全因素

2. 厂内交通事故发生的最主要原因是(ABCD)。

A. 无证驾驶   B. 驾驶技术不熟练

C. 缺乏安全技术知识   D. 违章违纪

3. 国家通过各种途径,创造劳动者就业机会及(AB),是《宪法》第
   42条的规定。

A. 加强劳动保护   B. 改善劳动条件

C. 发放劳防用品

4. 两眼的视野左右可以达160°,即(AD)。

A. 左侧100°右侧60°   B. 左侧80°右侧80°

C. 左侧90°右侧70   D. 左侧60°右侧100°

5. 研究结果表明,由于物体的颜色不一样,视野也不同,下列颜色
   中视觉最小、较大、最大的三种颜色分别是(ABC)。

A. 绿色   B. 红色

C. 白色   D. 紫色

6. "五不出车"是(ABCD)。

A. 刹车不灵   B. 灯光不亮

C. 方向器不灵   D. 喇叭不响和安全设备不齐全

7. 厂内运输事故的原因是多方面的,一般涉及(ABCD)。

    A. 人   B. 天气

    C. 车辆   D. 道路环境

8. 车辆车速过快,一般会产生(BCD)。

    A. 操纵敏捷   B. 制动距离延长

    C. 制动非安全区扩大   D. 判断时间缩短

9. 车辆装载的物品应严禁"四不超",即(ABD)。

    A. 超长、超宽   B. 超高

    C. 超速   D. 超载

10. 车辆技术状况的好坏对安全行车起着重要作用,其中以(AD)技术状况影响最大。

    A. 转向系统   B. 车轮

    C. 灯光和喇叭   D. 制动系统

11. 社会主义职业道德的基本原则是(BCD)。

    A. 调节相互关系

    B. 热爱本职,忠于职守,为人民服务

    C. 团结协作,顾全大局

    D. 主人翁劳动态度

12. 驾驶员必须做到"三个过得硬",即(ACD)。

    A. 安全设备过得硬   B. 安全措施过得硬

    C. 操作技术过得硬   D. 复杂情况下过得硬

13. 事故发生后,应严格区分责任,严肃处理事故,按规定应做到"三不放过"(BCD)。

    A. 保护现场不放过

    B. 事故原因没有查清不放过

    C. 事故责任者和群众没有受到教育不放过

    D. 没有防范措施不放过

14. 电瓶车蓄电池组是由若干个 2 V 的单格蓄电池串联而成电压

为(BD)。

　　A. 2 V　　　　　　　　　　B. 36 V

　　C. 12 V　　　　　　　　　　D. 48 V

15. 手制动太松刹不牢的原因是(ABCD)。

　　A. 蹄片磨损　　　　　　　　B. 弹簧断裂

　　C. 钢丝绳变长　　　　　　　D. 调节螺丝松动

16. 蓄电池点火第六电路分(AC)部分。

　　A. 低压电路　　　　　　　　B. 低电流

　　C. 高压电路　　　　　　　　D. 高压电流

17. 柴油发动机不能启动的原因是(ABCD)。

　　A. 启动转速低　　　　　　　B. 油路不正常

　　C. 压缩压力不够　　　　　　D. 水温太低

18. 气缸总容积包括(BC)。

　　A. 压缩比　　　　　　　　　B. 燃烧容积

　　C. 气缸工作容积

19. 离合器打滑的原因是（ABC）。

　　A. 离合器片被油污染

　　B. 离合器踏板自由行程消失

　　C. 离合器片平面未全部结合

　　D. 发动机急加速太高

20. 变速杆挂不上挡或自动脱挡的原因是(AC)。

　　A. 离合器分离不清　　　　　B. 发动机转速太高

　　C. 拨叉严重磨损　　　　　　D. 路面复杂没有减速慢行

21. 变速箱有杂音的原因是(ACD)。

　　A. 缺少齿轮油,润滑油变质　B. 拨叉轴孔磨损松动

　　C. 轴承磨损严重　　　　　　D. 齿轮齿形磨损变形

22. 减速器内有杂音的原因是(CD)。

　　A. 十字轴轴颈磨损　　　　　B. 球形填片磨损过大

C. 主被动圆锥齿轮空隙过大 D. 主被动圆锥齿轮过度磨损

23. 制动效果不良的原因是（ACD）。

    A. 制动鼓磨损或失圆　　　　B. 车速太快

    C. 制动管路有空气　　　　　D. 制动摩擦片有油

24. 制动鼓异常发热的原因是（CD）。

    A. 反复使用刹车

    B. 高速行驶时紧急制动

    C. 制动鼓与制动蹄之间没有空隙

    D. 制动器回位弹簧脱落

25. 液压刹车制动失效的原因是（AC）。

    A. 液压制动系统漏油　　　　B. 车辆超速超载行驶

    C. 制动总泵皮碗破损变形　　D. 制动蹄上制动带磨薄

26. 铲车起升油缸升力不足主要原因是（CD）。

    A. 油缸内活塞磨损　　　　　B. 油缸密封圈漏油

    C. 安全阀压力过低　　　　　D. 油泵损坏流量减少

27. 装载车油缸下降太快原因是（BCD）。

    A. 载荷超重　　　　　　　　B. 操作阀磨损严重

    C. 系统漏油严重　　　　　　D. 单向阀关闭不严

28. 电瓶车车速过慢原因是（AB）。

    A. 电源电压不足　　　　　　B. 超负荷运行

    C. 电瓶接头脱落　　　　　　D. 熔断器接触不良

29. 电瓶车电门锁打开后车辆不走原因是（ACD）。

    A. 蓄电池组没有电　　　　　B. 蓄电池组电解液少

    C. 直流电机有故障　　　　　D. 熔断丝断

30. 喇叭不响的原因是（AB）。

    A. 熔断器烧毁　　　　　　　B. 电气线路接触不良

    C. 电压低　　　　　　　　　D. 电流小

31. 机械式转向器,造成方向盘游动间隙大的原因是（ABCD）。

A. 转向球头松旷　　　　　　B. 转向臂松旷

C. 转柱螺杆松旷　　　　　　D. 转向节轴承磨损

32. 全液压转向器,转向突然失灵的原因是(CD)。

A. 油泵供油少　　　　　　　B. 液压油压力低

C. 弹簧片折断　　　　　　　D. 插销折断或变形

33. 造成半轴断裂的原因是(BC)。

A. 半轴的钢圈紧固螺丝松动

B. 车辆超载

C. 车未停妥立刻倒车行驶

D. 半轴和钢圈紧固螺丝选用规格不对

34. 液压脚制动,有时要二脚或三脚才能制动有效的故障原因是(ABCD)。

A. 制动系统漏油　　　　　　B. 制动系统有空气

C. 制动蹄和制动鼓间隙过大 D. 总泵回油阀关闭不严

35. 机动车辆排放的废气中污染物是(BCD)。

A. 二氧化碳　　　　　　　　B. 一氧化碳

C. 碳氢化合物　　　　　　　D. 氮氧化物

36. 驾驶车辆降低车辆噪声污染的措施是(AB)。

A. 合理选择挡位,防止乱轰油门

B. 少鸣喇叭

C. 按规定润滑车辆,防止零件发生干摩擦

D. 正确选用轮胎花纹,保持轮胎的正常气压

37. 车辆液压刹车制动液(刹车油)类型有(ABC)。

A. 醇型　　　　　　　　　　B. 合成型

C. 矿油型　　　　　　　　　D. 机油型

38. 提高轮胎行驶里程注意事项应是(ABC)。

A. 行驶中严格控制轮胎温度

B. 掌握轮胎的充气标准

C. 严格控制轮胎所受负荷,禁止超载

D. 不要在水中、污泥中行驶

39. 防止焊补油箱发生爆炸的主要措施是(ABCD)。

   A. 放尽燃油　　　　　　　 B. 用碱水冲洗

   C. 焊补时敞开油箱口　　　 D. 用水反复清洗数次

40. 气压式制动装置故障为(ABCD)。

   A. 制动失效　　　　　　　 B. 制动不良

   C. 制动发咬　　　　　　　 D. 制动跑偏

41. 灭火方法一般有(ABCD)。

   A. 隔离法　　　　　　　　 B. 冷却法

   C. 窒息法　　　　　　　　 D. 化学中断法

42. 我国消防工作方针是(AB)。

   A. 以防为主　　　　　　　 B. 防消结合

   C. 安全第一　　　　　　　 D. 防患于未然

43. 火灾报警时要说明(ABC)。

   A. 地点、路名、靠近的交叉路口

   B. 单位名称和电话号码

   C. 着火物品,是否有人受伤

44. 一般车辆失火应采取的措施是(ABC)。

   A. 切断电路　　　　　　　 B. 切断油路

   C. 人离开驾驶室

45. 泡沫灭火器适宜扑救(ABC)类火灾。

   A. 木　　　　　　　　　　 B. 油脂类

   C. 橡胶　　　　　　　　　 D. 电缆

46. "1211"灭火器内装有(AB)。

   A. 灭火剂　　　　　　　　 B. 氮气

   C. 二氧化碳　　　　　　　 D. 碱、酸

47. 蓄电池爆炸主要原因是(BC)。

A. 电解液太满　　　　　　　B. 气孔堵塞

C. 充电时温度上升过高

48. 燃烧的基本条件是(BCD)。

A. 一定温度　　　　　　　B. 可燃物

C. 助燃物　　　　　　　　D. 着火源

49. 使用时要拨去保险销的灭火器是(ABCD)。

A. 泡沫灭火器　　　　　　B. 二氧化碳灭火器

C. 干粉灭火器　　　　　　D. "1211"灭火器

50. 下列属于火源的是(ABC)。

A. 明火　　　　　　　　　B. 电气火

C. 冲击火花　　　　　　　D. 静电火花

51. 电瓶车的调速方式为(CD)。

A. 改变电动机的电枢　　　B. 改变电压

C. 改变电动机的激磁　　　D. 改变电动机的端电压

52. 对事故隐患不采取预防措施以致发生重大伤亡事故的,应当给予行政处分的用人单位人员是(AC)。

A. 法定代表人　　　　　　B. 生产组长

C. 直接负责人

53. 厂内运输车辆行驶时,必须坚持(AB)。

A. 转弯慢　　　　　　　　B. 下坡慢

C. 上坡慢　　　　　　　　D. 加速慢

54. 发动机功率不足原因一般是(BCD)。

A. 机件磨损　　　　　　　B. 漏气严重

C. 燃烧不良　　　　　　　D. 温度太高

55. 劳动者有权拒绝执行的用人单位管理人员的行为包括(AB)。

A. 违章指挥　　　　　　　B. 强令冒险作业

C. 安排工作

56. 车辆在运输中受到的各种阻力分别为(ABD)。

A. 上坡阻力   B. 滚动阻力

C. 摩擦阻力   D. 惯性阻力

57. 离合器主要有以下三项功能(ABC)。

A. 保证车辆平稳起步   B. 保证车辆顺利变速

C. 防止传动机构超负荷   D. 防止车辆在坡上溜行

58. 车辆在运行中出现的应立即停车检查的情况是(ABD)。

A. 异声   B. 异味

C. 异样   D. 异状

59. 出车前对车轮应做的检查是(AD)。

A. 轮胎气压   B. 气门芯

C. 气门帽   D. 轮胎表面

60. 对患有(ABCD)的人员不可从事(场)厂内机动车辆驾驶。

A. 精神病   B. 心脏病

C. 高血压   D. 神经官能症

61. 车辆使用的油类有(ABCD)。

A. 汽油   B. 柴油

C. 煤油   D. 机油

四、分析题(单项或多项)

1. 一辆全液压转向装置的3T叉车,在工作中发动机突然熄灭。驾驶员江某到车间开另一辆5T叉车用绳索牵引抛锚叉车,并且叫来持实习操作证的顾某操作3T故障车。在牵引过程中,故障车方向失控,冲上人行道,致使员工李某伤残。江某的错误有哪些?

事故原因分析(CD)

A. 牵引时车速过快

B. 两人牵引时配合不协调

C. 没有用硬件,如钢管槽钢来牵引

D. 应由有正式驾驶证的人进行牵引工作

2. 驾驶员汪某驾驶液压变矩、无级变速3T叉车在操作时,发现空挡启动安全保险装置有故障,请修理工修理。第二天,在班前检查车辆时,汪某把变速杆推入前进挡,随后启动发动机,结果叉车起步运行,把正在前面行走的张某撞倒在地,伤势严重。当时车间主任认为驾驶员汪某负全责,但经安全科调查认为修理工负主要责任,请判断修理工是否有责任,变速杆在挡内,发动机启动马达能否转动?

事故原因分析(AD)

A. 有责任   B. 无责任

C. 能转动   D. 不能转动

3. 运输公司吴某驾驶15T卡车装载黄沙送往工厂工地,由于自卸装置故障,吴某把停在边上的一辆挂厂内车辆牌照的装载车启动驳运黄沙到仓库,当驳运到第二车时,工厂安全科要吴某出示证照,经查是中华人民共和国机动车辆驾驶证。请问该证照是否可以驾驶厂内机动车辆?

事故原因分析(B)

A. 可以   B. 不可以

4. 40T集装箱驾驶员张某在操作时,由于锁定钩显示信号弱,在没有锁定情况下,移动车辆,造成倒箱事故,把地面指挥的李某砸成重伤。在调查过程中,有人反映张某在前一天晚饭时喝过二两白酒,张某也承认喝过酒,但没有醉。请判定该事故属设备事故还是人为事故?是否属于酒后驾车?

事故原因分析(BD)

A. 设备事故   B. 人为事故

C. 属酒后驾车   D. 不属于酒后驾车

5. 何某驾驶2T电瓶车载运降温风机到汽油储存库调换库房内已坏的排风扇,当工作结束后,何某驾驶电瓶车离开库房时,库房内汽油突然燃烧起来,何某弃车逃离现场,但库房烧毁,车辆烧成一堆废铁。经现场勘察：电瓶车和起火点相隔 8 m,排除烟蒂和其他燃烧物,经测定室外温度为 38℃,库房内四只排风扇系防爆型,排风扇更换后,刚运转 5 min。该事故经安全科裁定：电瓶车禁止进入易燃场地,驾驶员何某负全责。请分析电瓶车禁止进入易燃易爆场地的原因。

事故原因分析(D)

A. 库房内温度高　　　　　B. 静电摩擦

C. 库房内通风不良　　　　D. 电瓶车电器系统跳火

6. 瞿某驾驶 3T 叉车,铲叉上货箱高度与驾驶室顶棚等齐,车辆正面直行。林某驾驶电瓶平板车从相对方向直行,在两车交会时,由于靠人行道一侧有一台旧机床占道,林某边鸣号边借道逆向行驶。两车发生碰擦事故,在 3T 叉车上的货箱撞击电瓶车驾驶室侧面,货箱倾翻,林某左手臂开放性外伤。请根据上述确定事故原因。

事故原因分析(AD)

A. 逆向行驶　　　　　　　B. 措施不当

C. 视线不清,避让不及时　D. 未倒车运行

7. 电瓶车驾驶员何某完成当班作业后驾车回车库,做完例保接上充电电源下班。第二天同班装卸工发现轮胎气压不足,就进行轮胎充气,正在充气时,电瓶车的一组蓄电池爆裂,电解液飞溅,造成装卸工背部灼伤。现场员工都认为是电瓶质量不好引起的,但经安全科调查后判定何某违反安全操作规程应负全责。请分析造成蓄电池组爆裂的原因。

事故原因分析(D)

A. 电瓶温度过高　　　　　B. 电解液太多

C. 电解液中硫酸和蒸馏水配比不对

D. 充电时电瓶加液盖未卸下

8. 赵某驾驶 2 立方装载车当天作业完毕做完例保后把车辆停在

下坡道上,第二天上班后赵某启动发动机,松开手制动向前滑行。此时另一驾驶员路过装载车正前方,赵某立即采取紧急制动,但车辆仍在滑行,铲齿撞击另一驾驶员头部,当场死亡。现场勘察:装载车起步点与死者距离 3 m,地面无刹车拖痕,刹车系统气泵装置完好,管路系统无漏气现象,气压表显示为 $1.5 \ kg/cm^2$。

目击者证明,听到制动排气声,装载车经路试,刹车系统完好。

经调查后判定:赵某违反安全操作规程,负全责,分析其依据。

事故原因分析(AD)

A. 违反坡道停放规定　　　　B. 制动踏板游动间隙过大

C. 机械故障　　　　　　　　D. 储气筒储气压低

9. 王某驾驶 CPC30 柴油叉车作业完毕,停放在车场内。第二天上班时,李某驾驶另一辆 CPC30 叉车,倒车时不慎碰撞停放在后面的王某的 CPC30 叉车,结果该辆车的发动机自动启动,车辆自己运行,变成"无人驾驶的叉车",把王某撞倒在地,铲齿卡在王某胸部造成重伤。该辆肇事叉车受阻后,以自行熄火停车。该事故经安全科现场调查,确认王某违章停放车辆应承担全责。分析造成叉车自行运行的原因。

事故原因分析为(ABC)

A. 未拉手制动　　　　　　　B. 排挡未放空挡

C. 铲叉未落地　　　　　　　D. 启动电门未关

10. 造船厂钱某驾驶一辆汽车改装的平板车进行厂内驳运船体钢构件,由于驾驶室只能容纳 3 人,所以另一个装卸工许某只能坐在平板车上。在运行时由于船体钢构件体积大,许某就爬到钢构件顶部,在运行途中突然有人喊停车,车上有人掉下来。驾驶员钱某下车一看,许某头部着地,已经当场死亡。现场勘察:车辆运行速度在 10 km/h 以内,车上钢构件离地高度 3.8 m,在车辆上方有一根空电线横穿道路,标高指示牌为

4.2m,造成死亡事故的原因是：车辆运行中,许某坐在钢构件上被架空电线刮下落地死亡。结论：装卸工许某违章作业。装卸工许某家属对调查组的结论有异议,认为驾驶员钱某也有一定责任(未加劝阻),请根据上述情况判定驾驶员钱某对本事故是否有责任。

事故原因分析(A)

A. 也有责任   B. 没有责任

11. 赵某驾驶新购3T叉车到锻压车间铲运3t模块,在驳运途中叉车突然前倾,转向轮腾空离地,造成方向失控撞向路边行走的员工李某,致使李某脚踝关节骨折。现场调查：叉车运行中没有超载也没有超速,驾驶动作也符合规定,造成叉车运行中突然前倾是叉车的质量问题,属于叉车质量事故。为此向叉车制造厂提出索赔,双方组成调查组再次对现场进行调查,经测定3t重模块的合成重心超出载荷中心点0.3m,影响叉车纵向稳定性,为此制造厂方认为该事故是驾驶员的责任。请判定驾驶员是否有责任。

事故原因分析(A)

A. 有责任   B. 没有责任

12. 甲驾驶2T电瓶车,乙驾驶3T叉车,丙驾驶双排2T货运车(外来车辆)。甲由南向西转弯行驶,乙、丙由北向南顺序行驶,在十字路口中心偏西方向发生三车碰撞事故,造成三车损坏,丙被碎玻璃划破面部造成轻伤。现场勘察：甲方车辆转弯行驶,制动时地面有刹车拖痕,测定时速8 km/h;乙方车辆直行,地面有刹车拖痕,测定时速10 km/h;丙方外来车辆地面有刹车拖痕,测定时速15 km/h;请根据上述情况判定三方的责任。

事故原因分析(D)

A. 乙方有责任   B. 甲方也有责任

C. 丙方没有责任　　　　　D. 三方均有责任

13. 黄某驾驶一辆装有综合型液压变矩器无级变速叉车,其转向系统是全液压转向器结构。由于气温低,柴油发动机启动困难,黄某叫来张某开另一辆叉车在后用齿铲顶推车辆,准备用此办法来启动发动机。在推顶过程中,黄某驾驶的叉车方向失控冲向一边。铲齿冲过墙壁,撞在员工吴某腰椎上,造成骨折、脾脏破裂大出血,经抢救无效死亡。请分析原因。

事故原因分析(BC)

A. 用推顶或牵引法能启动发动机

B. 用推顶或牵引法不能启动发动机

C. 全液压转向器在发动机不转时不能保证控制车辆方向

14. 驾驶员陈某驾驶东风牌货车停在厂材料仓库门口准备卸车上的货,铲车驾驶员邓某看到要卸货,即将铲车开到距卡车12 m的材料库门口将车停下,铲车两只前轮在门槛外斜坡上,两只后轮停在门槛内,车没熄火,挂空挡,拉了手刹后,便跳下车离开,不料铲车发生溜坡下滑,铲叉撞击到正在放下货车厢板的邓某身上,邓某被送往医院经抢救无效死亡,请分析事故原因。

事故原因分析(AD)

A. 缺乏安全操作意识　　　B. 措施不当

C. 铲车手制动差　　　　　D. 违反停车规定

15. 某化工公司午休时间,一名车间工李某用餐后独自来到车间内,发现一辆电瓶叉车有钥匙,就心血来潮上车驾驶。在李某倒车行驶时,速度过快,当其发现叉车将要碰到车间柱子时,采取制动,由于该车刹车早已失灵,在制动无效情况下,心慌中立即从叉车上跳下,因叉车速度较快,被叉车挤压在柱子上,终因抢救无效死亡。

事故原因分析(ABC)

A. 肇事者无证驾驶负主要责任

B. 驾驶员违反未取走钥匙操作规则,负一定责任

C. 叉车制动失效未明示

16. 某企业试工场为了清洗地面,有关领导叫叉车将一桶汽油送进工场去,当电瓶叉车进入工场时,由于接触器火花引起的油蒸气爆炸,当场死亡 15 人,重伤 39 人,轻伤 15 人。

事故原因分析(AB)

A. 车间领导违反安全制度,负主要责任

B. 驾驶员违反安全操作制度,盲目执行命令,负次要责任

C. 叉车速度过快,未采取安全措施